人間道

上 先秦秦汉卷

郑骁锋 著

长江出版传媒 长江文艺出版社

图书在版编目（CIP）数据

人间道. 先秦秦汉卷：全二册 / 郑骁锋著. -- 武汉：长江文艺出版社, 2024.9
ISBN 978-7-5702-2485-2

Ⅰ. ①人… Ⅱ. ①郑… Ⅲ. ①散文集－中国－当代 Ⅳ. ①I267

中国版本图书馆 CIP 数据核字(2022)第 016469 号

人间道. 先秦秦汉卷
RENJIANDAO. XIANQINQINHANJUAN

责任编辑：周　聪	责任校对：毛季慧
封面设计：颜森设计	责任印制：邱　莉　王光兴

出版：长江出版传媒　长江文艺出版社
地址：武汉市雄楚大街 268 号　　邮编：430070
发行：长江文艺出版社
http://www.cjlap.com
印刷：湖北新华印务有限公司

开本：880 毫米×1230 毫米	1/32	印张：14.875	插页：16 页
版次：2024 年 9 月第 1 版		2024 年 9 月第 1 次印刷	
字数：295 千字			

定价：88.00 元（全二册）

版权所有，盗版必究（举报电话：027—87679308　　87679310）
（图书出现印装问题，本社负责调换）

战国 《人物御龙帛画》

西周　金文　《大盂鼎》

东汉 《熹平断碑》隶书

东汉 《乙瑛碑》局部

东汉 《乙瑛碑》局部

东汉 《乙瑛碑》局部

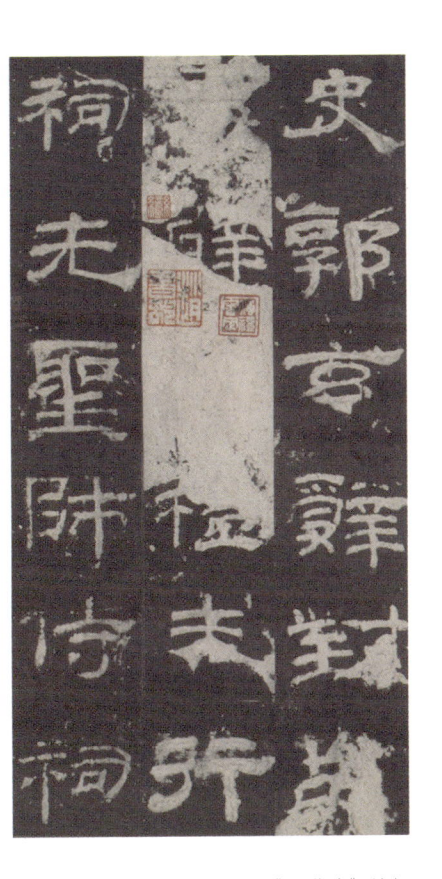

东汉 《乙瑛碑》局部

东汉 《乙瑛碑》局部

东汉 《乙瑛碑》局部

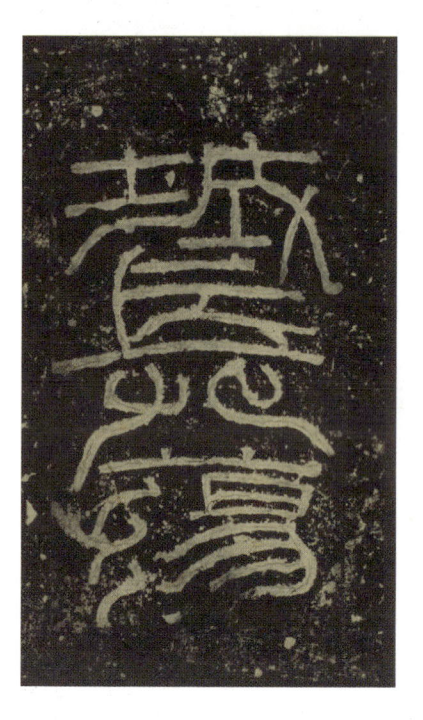

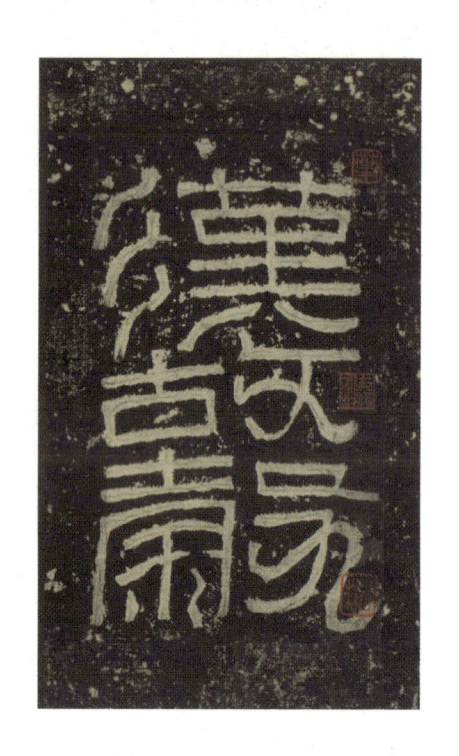

东汉 《张迁碑》局部

君讳迁字公方
陈留己吾人也
君坐先出自有
周周宣王中兴
有张仲以孝友
为行披览诗雅

东汉 《张迁碑》局部

东汉 《张迁碑》局部

东汉 《张迁碑》局部

东汉 《张迁碑》局部

东汉 《张迁碑》局部

东汉 《张迁碑》局部

前　言

这是一部文学版的中国史纲要，以散文体裁，重新阐述中华民族数千年的金戈铁马、兴亡悲欢。关于本书，略叙说明如下：

一、全书由八十篇系列主题散文组成，裁为四卷；分别为先秦秦汉卷、魏晋南北朝卷、隋唐宋卷、元明清卷；每卷上下两册。

二、钱穆云："民族之抟成、国家之创建，胥皆'文化'演进中一阶段也。"据此，本书以文化演进为纲，不细究一朝一姓之更替，而重于表彰逆境中坚守、绝望时担当之大丈夫精神。

三、虽权谋叙述不可避免，然本书不详述相斫争斗，转而用力于探究人性敷演。

四、本书写作，文笔尽量简练通达，以避免传统史论之琐碎枯槁。

五、本书写作，间或描述情境，然所涉人物事件，必有文献所自，非敢杜撰臆造。

六、本书写作,自始至终心存敬畏,非敢调侃轻薄。笔者才疏学浅,鄙陋之处,还望方家不吝赐教。

序

前爪颤抖着抬起,世界在摇晃中一点点低落;终于,低吼一声,天地之间,有种生灵站成了一条直线。

直立,只是猿进化成人的前提;直立着行走,才是区分人与禽兽更重要的标志——"人",在汉字中就是一个迈开双腿走路的形象。

蒙昧之初,中华民族便渴望行走。甚至可以说,中国的历史从车轮转动开始:被奉为中华始祖的轩辕黄帝,名号直接来源于车辆。然而,相比西方,轩辕族人的行走,从蛮荒时代便显得更为孤独。

因为我们很早就将神灵甩在了身后。

直到一百多年前,德国人尼采才喊出那句震撼整个西半球的口号:"上帝死了!"而在我们古老的国度,早在先秦,哲人们便已经隐约猜到,神灵早已衰老、逝去。比如韩非就认为,至迟到禹的时代,上古的神力便已残存不多,所以治水于他,极其艰苦。

在韩非的描述中,禹的形象干瘦黝黑,憔悴疲惫,几乎连苦囚都不如——

大禹行走,因为步姿诡异,被后人奉为具有强大法力的秘术;但"禹步"的真相,更可能只是他严重关节炎发作时的症状。

神话本身其实已经暗示了神灵在中国的隐退:盘古、女娲、伏羲、神农,神力一个个大幅削减,神农甚至被几株野草夺了性命。

"未能事人,焉能事鬼?"孔子终生不谈神怪。

再没有谁替你劈山倒海。失去了神灵的中国人,脚步注定沉重而涩滞。

建筑往往最能表现一个民族的性格。紫禁城,这座中国最高等级的古建筑群,舒展却扁平,所有宫殿似乎都承受着整块天空的巨大压力,因此呈现出一种坚忍的负重感。而同时期,西方建筑最流行哥特式,尖塔拱顶长柱,竭尽可能地营造着轻盈修长、向上飞升的感观。

再没有谁为你拨云见日。失去了神灵的中国人,脚步注定彷徨而迷茫。

面对纷纭的歧路,杨朱痛哭流涕;几百年后,阮籍出游,行到山穷水尽,也不禁捶胸顿足放声号啕。这声嘶力竭的哭号,直到如今依然不时响起,在车水马龙之间,在灯红酒绿之际。

当然,我们的悲戚,也不会有什么神灵俯身聆听。

我们的辉煌,我们的倾诉,我们的忏悔,我们的呐喊,我们悲愤欲绝的仰天长啸,都只不过是时空之海上转瞬即灭的浮沫。

云消雾散。无论愿不愿意,我们都只剩下了人歌人哭的人间。

于是,我们的问题,也只能交给我们自己来回答:

人间道上,你往何处去?

目 录

绝　笔 …………………………… 1

战　国 …………………………… 25

稷下之殇 ………………………… 52

始皇帝 …………………………… 76

楚　歌 …………………………… 98

平天下 …………………………… 120

天人之策 ………………………… 141

出　塞 …………………………… 163

良二千石 ………………………… 190

改　制 …………………………… 211

绝　笔

"我的时间到了。"

孔丘回过身来，静静地看着子贡，眸子清澈如水。

在此之前，整个清晨，孔丘都像往常一样，早早起来，由子贡陪着在家门外散步。但不知为何，子贡总感觉今天有点不同，具体区别在哪里却又说不出。

听了这句没头没脑的话，子贡不知何意，忙趋身近前，垂手肃立。

但孔丘许久没有再说话，只是默默地望着东方。太阳已经慢慢升起，天际开始泛出橘红，晨风掀舞着两人的襟袖，还带着相当的寒意。

"昨天晚上，我梦到被人祭奠了。"终于，孔丘又开口了，语气平淡，像是在自言自语。

孔丘的声音很轻，落在子贡耳里却像炸了一个雷。他猛然注意到，今天先生始终背着手，把那枝枣木手杖拖在身后，而不像平日那样扶着走路。

一千多年后，孔丘的三十二代孙，经学家孔颖达认为，这是先祖的一个暗示："手杖通常在身前使用；夫子负手曳杖，是表示从此再也不需要任何手杖了。"

按照鲁国的算法，那一年——公元前479年——应该是哀公十六年；不过孔丘本人或许更愿意称为周敬王四十一年。

当时看起来，这年的中国并没有发生什么轰轰烈烈的事。尤其是与西方世界波斯与希腊的海陆决战相比，最大的动静也只是卫国父子争位、楚国君臣内讧，尴尬而纠结，不过是乱世中一个萎靡不振的寻常年份。

然而站在今天的角度回望，这却是一个极其不寻常的年份。如果以上下五千年来总结中华文明，那么，那一年可以说是正中的分界线；或者说，那一年结束了一个时代，同时又开创了一个时代。

"在孔子之前，中国历史文化当有两千五百年以上的积累，而孔子集其大成；在孔子以后，中国历史文化又复有两千五百年以上的演进，而孔子开其新统。"史家钱穆如此评价。

就在这一年，这个担负起五千年的脊梁，精力耗竭，即将倒下。

子贡蓦地感觉天色阴沉下来，整个人似乎瞬间被冰水淹没了。他想说些什么，但喉头堵塞，发不出声音，眼圈渐渐开始泛红。

孔丘微微一笑，慢慢踱到了对面的小土坡。

鲁地平坦，坡虽不高，却能俯瞰小半个曲阜城。将近早饭时分，很多屋宇上空升起了袅袅的炊烟。孔丘出神地凝望着，嘴角依然挂着一丝笑意。

他一直很喜欢看炊烟，某种意义上说，炊烟就是太平的象征。

但这世间真的太平了吗？虽然与上一个百年相比，近几十年来，诸侯间的混战确实少了一些，但与其将之归功于当初晋楚两霸休兵盟誓的约束，不如说是他们自己后院起火自顾不暇啊：不是就在前年吗，齐国的权臣田常，终于迈出了那一步，公然弑了齐主简公，又尽诛异己，全面控制了朝政。

尽管田常并未修改齐国的国号，但这无视周室王权的悍行，事实上已经打破了沿袭几百年的分封格局。

还有，近些年中原虽然安分了一些，但南方潮湿的山林间，战火却越燃越烈。吴国的气焰已然如日中天，但他背后那群断发文身的越人，似乎更要可怕，虽然匍匐在地，仍然掩藏不住强烈的怨毒、冷酷，毒蛇身上才会有的戾气。这两个同样以船为马的相邻部族之间，注定还有一场惨不忍睹的搏杀。

每一扇紧闭的城门背后，都能听到金属锻击的声音。

哪有什么天下太平，不过是斗兽场上片刻的喘息。

孔丘不禁皱起了眉头。

他最近经常想起老子。

做粮库保管员时，孔丘曾经专门谒见过他。当时老子还在洛阳替周王室整理图书，从曲阜到洛阳，千里迢迢，来回一趟并不容易，尤其对于一个只有二十来岁的基层小职员。不料两人一见面，那位据称是全天下最聪明的智者，居然便让孔丘转头回家。

那位瘪嘴的干枯老人，披散着头发，张开两腿，簸箕一般坐在地上，身旁堆满了凌乱的竹简。

他永远忘不了老子对自己说的话。

"天地不仁，视万物为砂石草芥；圣人不仁，视众生如瓦片土块。所谓大道，不过只是顺其自然。做得越多，错得越多，离道也越远。"他剧烈咳嗽着，"这太平，是强求不来的。你我能做到的，只是随着时空的洪流浮沉俯仰，在这无垠无涯的混沌中了此一生。"

说完老子疲倦地闭上了眼睛再不说话。

可年轻的孔丘就是不甘心，他总觉得自己的肩膀应该为这个苦难的人间分担点什么。面对呻吟于水火的芸芸众生，难道就只有如此闭上眼睛视而不见，堵住耳朵听而不闻，欺骗自己活在一个恍恍惚惚、虚无缥缈的什么大道中吗？

他苦苦思索着。

孔丘并不知道,差不多就在这同时,万里之外的雪山那边,也有个哲人,坐在菩提树下不饮不食,憔悴地冥想,发愿要解脱一切生灵的痛苦。最后他的办法却是带领众生走向冷冰冰的涅槃。

终于,有一个夜晚,孔丘觉得有道闪电撕碎了无边的黑暗。

那年,他记得自己好像四十岁。

他的办法其实很简单,只不过是一个"仁"。

"仁"是一个有温度的字,本意是人与人之间相互的友善与尊重。类似的倡议,其实很多人都提过,但孔丘与众不同。他的调子很低,并不要求所有人都能毫无私心地兼爱众生、视人如己——这样的标准对绝大多数人只能导致虚伪和做作;而只是让人们都从力所能及的做起,从对父母兄弟做起,把"仁"一级级扩散。就像波心的一点涟漪,或是草上的一缕清风,慢慢荡漾,柔柔拂过,一圈圈,一浪浪,将优美的曲线从容地扩散到浩渺的地平线外。

孔丘不厌其烦地对学生一遍遍解释着这个"仁",每次说法却并不相同。但他相信学生们是能领会他的苦心的:林林总总,一言贯之,"仁",不过只是使人活得名副其实,真正成为一个"人"的修养方法罢了。

或者还能可以说得更直白一点,那就是"仁"在医药学上的意义——在中国，医，抑或类似意义的巫，出现都比儒要早得许多，更接近智慧的源头。中医有个常见的病症"麻木不仁"；这里的"仁"，指的就是"仁"最初的意义——知觉。

卸下重重盔甲，袒露婴儿般的纯真，去感受心脏在胸口跳动，血液在脉管汹涌，去感受花的芳香，鸟的鸣唱，山的巍峨，水的悠远——当你被自然勃发的生机感动的同时，低下头，再去感受亲人的，朋友的，路人的，甚至仇人的欢乐，悲哀，痛苦，无助……

"知之者不如好之者，好之者不如乐之者。"为了唤醒人心中最柔软的知觉，孔丘更喜欢用琴声说话。提按揉捻，修长的手指在五根弦上如大雁低翔，弦上生起的声波，像清晨的露珠，从竹叶尖上滴向脸颊。不知不觉，"足之蹈之，手之舞之"，暴戾之气消散无踪，眉宇之间清凉如水。

此时再看人间，如此广博，如此亲切，如此温暖，刀枪剑戟铿然坠地，每一张脸上都不禁热泪盈眶。

可直到今天，奔波了几十年，他的"仁"又能实现多少呢？或者说，这天地间，到底成就了几个真正的"人"呢？

即便只是一个小小的鲁国……他想起了鲁侯冷酷的拒绝。

还是因为前年齐国的动荡。田常弑君的消息传来，孔丘不顾年老体弱，斋戒沐浴三日，以最郑重的礼节，前去朝见鲁侯哀公，要求出兵去讨个公道。

奸臣阴谋擅权并不鲜见，但孔丘敏锐地判断出，齐国这回政变，已经越线，成了全局行将崩塌的危险信号，绝不应该放任不管。

事实上，道德的底线已经在一定程度上被击穿：田族人丁稀少，为了增加势力，田常竟然不计名节，纳数百年青姬妾，却开放后宫，不禁宾客舍人出入，因此如愿得到了七十个儿子。

然而哀公没说几句话，就打发走了这位义愤填膺的老臣：

"你去找管事的那三家人吧，反正都是他们说了算。"

倒也没错。哀公早已经被季孙氏等三个家族架空，只是个傀儡。辗转找个话事人，孔丘再一次提出了自己的要求。当然，他的提议，也预料当中地被否决了。

各人自扫门前雪也好，齐强鲁弱打不赢也罢。孔丘明白，都是借口。

内心深处，这些权臣或许巴不得田常走得越远越好，以便留个先例给自己。

他们在本质上都是一丘之貉，田常不过只是打个前锋而已。

孔丘仰起了头看着天。

忘了从什么时候起，孔丘养成了看天的习惯，有时走着走着，会突然停下脚步，痴痴地望着天空，很久很久，不说一句话。

五十岁后，他越来越想知道冥冥之中，到底有没有个天数了——系那部《易》的熟牛皮，至少被他翻断了三次。其实他的每一步都走得踏踏实实的，不多去考虑智力能力所不可及的未知天地，他曾经这样制止子路对神秘事物的好奇："未能事人，焉能事鬼？""未知生，焉知死？"

想起子路，孔丘心里便一阵抽搐。这个刚强豪爽的汉子，死于去年的卫国内乱，临死前从容系好被打落的帽缨，留下的最后一句话是："君子死而冠不免。"还有颜回，那个瘦弱而好学的年轻人，更是在前一年就死了，可怜他只活了四十一岁，在破房子里苦苦熬了一辈子，连饱饭也没吃上几顿。

孔丘的晚景十分凄凉，短短几年内，除了亦徒亦友的子路、视为继承人的颜回，还有妻儿，相继先他而去。

以君子的姿势战死的子路被剁成了肉酱，颜回则穷得连棺材都置办不了——难道，这些就是行"仁"的结局吗？

孔丘黯然垂下了头，这才感觉到腿有些麻了，有种虚脱般的疲惫。他很怀念当初风尘仆仆奔走于天下时的充沛精力，虽然已是年近花甲，但还是觉得自己不算太老——起码还能拉开那张令最健壮的武士都咋舌的强弓。

大概那时自己还有所期待，就像那张弓，依然紧绷，尚未松下弓弦吧。

遍地诸侯。孔丘相信，只要得到其中一位的支持，他就能够建成一座尽善尽美的理想之国，从而让天下人相信，大同世界并不只是古籍中的童话。

然而他得到的只是冷眼和碰壁。

想起了那次被困在陈国荒野，断了干粮，师生饿了好几天，有几个体质弱的学生都站不起身了。子路终于再也按捺不住，气冲冲地上前责问："难道要做所谓的君子就老得走投无路吗？"铿然一声，停下琴，静静凝望着这位激动的大弟子，孔丘似乎又看到了当年那位急性子的后生：冠插雉鸡羽，身佩野猪牙，高昂着下巴，眼神中尽是挑衅。

也难怪子路悲愤，这一路走来，几乎到处受挫。在陈绝粮，在匡被围，在楚受嘲，在宋，大司马桓魋甚至砍了孔丘倚坐的树，以示驱逐，并威胁要处死他。

被桓魋赶出宋国后，孔丘来到郑国；在郑国都城，师生走散了，众弟子十分着急，沿途寻找。这时，有个路人对子贡说，他在东门那里见过一个孤零零的老人，模样很有特点，"额头像唐尧，后颈像皋陶，肩膀像子产，腰以下比禹只短了三寸"。孔丘虽然身材高大，但身材比例有些奇怪，上长下短，相貌更是怪异：头顶凹陷脑门高突，还有一口龅牙。如今却都被这个郑国人往各位古代的圣人上比拟了，子贡不由有些得意。但那人最终话头一转："可那副狼狈相，活脱脱就像一只落魄的丧家狗！"

见面之后，子贡把那人的话原原本本告诉了孔丘，不料孔丘欣然笑道："丧家狗，他说得对，说得很对啊。"

谁都能听出笑声中的苦涩。

齐景王、楚庄王、卫灵公……其实也有过一些诸侯曾经动过起用孔丘理政的念头。但与孔丘稍一接触，却都纷纷打消了念头。

拒绝孔丘的责任，自然可以推卸到本国大臣的嫉妒与排挤，但诸侯们心里有数，真正的原因，是孔丘对于原则近乎偏执的坚守。

且不提七十二大弟子、三千从学者，足以在列国间形成一股像模像样的政治势力，仅孔丘本人，便足以成为诸侯们竞相聘请的对象。

正如孔丘的父亲曾经一人托起过一座城门，孔家的男子，力气都很大。孔丘也不例外。驾车射箭、行军布阵，更是从小训练。事实上，他完全可以成为一个最出色的武士，甚至将军。然而，每当有人奉承他的武功，孔丘总是很不高兴，若是来咨询军事知识，更是装作不懂，转而大谈仁义道德。

一定程度上，诸侯与孔丘的关系，类似于叶公好龙。最初，他们对孔丘产生兴趣，首先是在这个以拳头排座次、盛行潜规则的灰色时代，竟然还有人自缚手脚，相信大道理，践行大道理，而且还能坚持一辈子。当然，讥讽之余，这也会为他们赢得一些尊敬。不过也只限于尊敬，真让自己也加入其中是不可能的。何况，仔细品来，若是依据孔丘师生的大道理，首先自己就落个满身不是，做了个现成的靶子。

何必要巴巴地请个祖师爷来修理自己呢？还是好吃好喝招待几天，再给点盘缠，客客气气送走为妙。

好在请神容易送神也不难。孔丘好脸面，而且还敏感。甚至不用开口，只须一个眼神，或者一声哈欠，他就会明白自己的意思了。

"君子虽然困顿，但始终能够坚持着；要是小人，一遇困境就无所不为了。"

正如陈国荒野中对子路的激励，这些年来，孔丘一直在努力克制、疏导着自己的悲观情绪。但有一次还是忍不住，在子路面前发了回牢骚，说要泛舟海外，再也不理这乱糟糟的烂摊子了。后来才自嘲地说是知了天命——

周游列国十四年，终于在六十八岁这年彻底绝望。黯然回到鲁国后，孔丘渐渐远离了政治，精力越来越集中到教育学生和整理文献上来。

现在，他只剩下了一个目标：薪火相传，为这人间尽量多留一点火种。他希望能有一天，世人会接受自己的思想，从而一步步走向和平与高尚。

婆娑桃杏，最初也不过是小小一枚果仁。只要将"仁"播撒人间，即便被尘封千年，春风来时，还是会破土而出，长成一棵参天大树。

但他近来好像有了些怀疑：真会有那么一天吗？曳杖的手有些微微颤抖起来。他又记起了那次陈国之困，自己向几大弟子所提的问题：

"我不是野牛猛虎吧，如今却沦落到流浪旷野——怎么会到这个地步呢，难道真是我的道错了吗？"

"哇——哇——"

空中响起了鸟噪，一群乌鸦扑腾着飞过。

孔丘不觉又抬起头来。朝霞更是艳了，醉酒似的酡红。

常有弟子向他询问，究竟从天上看到了什么，但他总是笑而不答。实际上，大部分时候，孔丘只是喜欢看云彩的游走变幻，并把它想象成各种东西，就像很多孩子常做的那样。

比如现在，他就在霞云中寻找着一双眼睛，一双曾经无数次出现在梦境中的眼睛。

孔丘很难形容那究竟是双什么样的眼睛。严肃，但又很温和；威猛，但又很安详。频繁梦见多次后，有一夜孔丘终于意识到，这就是周公！那个夜晚，孔丘辗转反侧，再也没能重新入睡，感觉血液沸腾，全身充满了力量。他坚信，周公入梦，无疑是对他的最大认可和鼓励。

孔丘认为，自己的使命，就是将这个已经迷失太久的人间拉回合理的轨道，就像把脱缰闯入麦田的马车重新勒上大路那样。而他的手段，除了"仁"，最有效的还有周公遗下的"礼"——

所谓的"礼"，也就是规矩，秩序。"仁"教人做个好人，"礼"则教人找到自己的位置与身份。最起码，君有个君威，臣有个臣节。

但说实话，这一路看来，几乎没有哪个国家的君臣像点样。不过，虽然越来越对这些堕落贵族掌握权力的合理性表示怀疑，但孔丘还是相信，即便是革旧鼎新，也应该在"礼"的节制下进行，否则很容易为野心家利用，搞得血流漂杵，愈发不可收拾。然而他也能预感到，有些新的力量正在角落里暗暗摩拳擦掌。只是孔丘始终清楚，自己的才能不过是像女娲，至多能把破了的天试着补补，像盘古那样去开天辟地，他是从来不敢想象的。

然而，作为私人讲学最早最著名的倡导者，将原本深藏于官府的知识撒播在民间，这对于他一生渴望恢复的周礼，客观上是不是一种偏离？

孔子招收弟子"有教无类",没有贵贱种族的限制,弟子中有很多如颜回、曾参一类的贫民,甚至还有做过囚犯的公冶长。他难道没有想过,当卑贱的人们平等地接受教育后,这种脱胎换骨般的活力,还有谁——尤其是已然腐朽的老迈贵族——能够压抑呢?这种来自底层的力量,对原有等级森严的古老秩序,是自觉维护还是加速"礼崩乐坏"呢?掌握前所未有力量的人们,还会永远满足于一成不变的君君臣臣吗?

西方将记录孔子言行的《论语》视为中国人的《圣经》;同样关于启蒙,《圣经·创世纪》中有一个著名的故事:"女人对蛇说:'园中树上的果子,我们可以吃,唯有园当中那棵树上的果子,神曾说你们不可吃,也不可摸,免得你们死。'蛇对女人说:'你们不一定死,因为神知道,你们吃的日子眼睛就明亮了,你们便如神能知道善恶。'"

某种意义上,老子对于民智的态度,也类似于《圣经》:"古之善为道者,非以明民,将以愚之。民之难治,以其智多。"

对于以血缘纽结为根基的周礼,孔子究竟是"神"还是"蛇"?

关于孔子与礼制，若是与《论语》中的另一幕场景联系起来，愈发意味深长。

鲁国的实力派人物阳虎，想拉拢孔子，但孔子总是躲着他；于是便趁孔子不在家送过去一只小猪。因为按照礼节，这样一来，孔子必须上门致谢。孔子无奈，便也挑了一个阳虎不在家的日子前去回拜。不料，在街头，两人的车却相遇了。

于是，便有了一场不无尴尬的对话。对话的内容并不重要，吊诡的是，这两个人的相貌，长得非常相似。孔子后来周游列国，有次遇到围攻，就是因为当地人错把他当作了敌人阳虎。

孔子竭力想避开，却不得不撞上的，竟然是自己的脸。

更何况，这张与自己一模一样的脸，正是当前鲁国最大的礼制破坏者：

自从当年庆父作乱后，鲁国公室的朝政便逐渐落在了以季氏为首的三家世卿手里，而作为季氏的家臣，阳虎又以奴欺主，将三家拿捏在手里，成为鲁国事实上的当家人，也因此被视作乱臣贼子。

层层下坠的权力，与层层下传的智慧，会不会存在着某种不易察觉的因果关系——对于周礼，孔子与阳虎，看似一守一攻，本质上，有没有可能殊途同归？

其实这两位酷肖者的对峙，在少年时就已经发生过了一次。

"我家大人邀请的都是有身份的人,可不敢招待阁下。"

那一年,季氏大摆筵席,招待所有的士人。孔子前去赴宴,但在门口,却被阳虎戏谑地拦了下来。孔子没有说话,盯着他看了很久,握着缚在腰间的麻布,默默地转过了身。

早在三岁时,孔子就失去了父亲。这一年,母亲又去世了,他彻底成了无依无靠的孤儿。

《史记》中记载孔子的出生,用了"野合"二字。对此,后人解释不一。有望文生义,说野外交合的;有曲意回护,说夫妻年龄差距太大的。不过最有说服力的,还是认为,妻属贱民,夫为士大夫,贵贱迎娶,于礼有所不合,故而称"野"。

说法虽然不一,但可以肯定的是,孔氏到孔父一代,已经相当没落,与平民只隔一线,以至于在世俗眼中,孔子连士族身份都值得怀疑,再加上父死母卑,可以想象,他的成长,定然经历过无数歧视与侮辱。

从小,孔子的兴趣就与众不同:他喜欢用泥巴捏成各种祭祀用的礼器。别的孩子追追打打,他却一个人坐在角落里,用它们一遍遍演习各种贵族交际的礼仪。

是的,他从小就孤独:不与寡妇家的孩子玩,原本就是《礼》书中的一条。

越不被认可,就越渴望认可;越遭到排挤,便越坚定留守。

孔子一生，对于周礼的执念，是否能理解为一种根植于童年、不无自卑因素的心理补偿？

上天将自己的相貌与阳虎生得如此相像，有没有可能是某种警告？

孔丘偶尔也会怀疑，对于礼，自己潜意识里果然是真正热爱的吗？否则为何有那么多弟子察觉到，朝堂上的夫子与闲居在家的夫子简直像是两个人：前者动作僵硬、紧张严肃，甚至有些战战兢兢，后者才是放松自如、和蔼可亲的。

孔丘忽然觉得有些惶恐，他惊觉竟然已经有很多年未曾梦到那双眼睛了——他感到一阵眩晕，满天云霞迅速翻滚卷舒。

"孔丘，就是那个知其不可为而为之的人吗？"

"他不是说认识路吗，来问我们干吗？"

"他这一辈子过得这么忙忙碌碌，又是何苦呢？"

…………

各种声音不知从哪里冒了出来，乱七八糟响成一片。阳虎打头，一张张胖的瘦的老的少的气宇轩昂的猥琐庸俗的脸在云层中穿梭飞舞，围着自己盘旋嬉笑。

真的不可为吗？

他好像又看到了老子紧闭的嘴。

一种刻骨的孤独袭击了他。孔丘使劲甩了甩头,想让自己冷静下来。但好像无意识的,他又发出了那声叹息:

"知我者,其惟《春秋》乎;罪我者,其惟《春秋》乎——"

这是一句孔丘晚年说得最多的感慨。其实,从一开始他就心如明镜,某些事情上,自己的确在破坏周礼:比如褒贬制史是天子王官的职责,由一介平民来做,本身已是一种僭越。

与研究其他问题师生互相交流热烈探讨不同,涉及《春秋》时的孔子神情异常冷峻,甚至有些霸道,绝不容许任何人提出任何意见,哪怕是增减替换一个字,都必须亲自下笔。

他这是对学生负责,也是对自己负责,更是对后人负责。无论修撰《周礼》是功还是罪,都由自己一身承担。

罢了,罢了。

孔丘努力不再去想。他把子贡叫到身边,轻轻地说:"赐,你把我那些书简整理一下。"顿了一顿,又说,"收起来吧。"

子贡看着孔丘深陷的眼窝,苦涩地点点头:"是。等夫子身体好些了,再请夫子继续修校。"

"再不用了,你藏起来吧。"孔丘虚弱地说。

"那部《春秋》好像还没完成吧,这两年的事都没记录呢。"

孔丘似乎没听见,目光游离恍惚,低低吟唱着那几句昨夜萦回在梦里的歌:

"泰山其颓乎——梁木其坏乎——哲人其萎乎——"

确实在两年前,他就停止了《春秋》的修撰。自从见到那头叔孙氏狩猎所获的怪兽后,孔丘便再也无法静下心来,还经常哀叹"吾道穷矣"——他固执地认为那就是传说中的麒麟,而且总觉得自己同样也是一头出现在乱世的异兽,一辈子不合时宜,而现在,也即将像那匹麒麟般,无声无息地死在污浊的泥淖中。

多年以前凤凰便已远去,黄河也再不出图,现在麒麟又受伤死了,这分明是个群魔乱舞的时代,自己是该离开了。

过去的两年,他只是一片竹简一片竹简细细校对着。

昨天下午终于又完成了全部典籍的一次校订,孔丘不由得长长吁了口气。在放下刀笔的那一刻,他知道自己终于跑赢了时间。

是非只能由后人去评说了。反正尽了力,也就问心无愧了。孔丘忽然感到一种前所未有的轻松,就像自己当年评价伯夷叔齐的,求仁得了仁,又何必再抱怨呢?他甚至开始觉得,其实根本没有必要去探求天意:如果天心温暖,天道人道无疑朝着同一个方向;如果根本没有天意,甚至天意凶险,那么人们更应该站稳脚跟,相互救助,提携搀扶,靠自己的双手抗击厄运、建设乐土——让心灰意冷的人们去讥笑"知其不可为而为之"吧,即使同样毁灭于不可挽回的灭亡，直立着行走永远比坐而待毙更有尊严。

就这样吧，孔丘费力地挺起了胸。

孔子去世后，门人回忆他生前的言语行事，将其编纂成书，是为《论语》。《论语》开篇便是三个"不亦"："学而时习之，不亦说乎？有朋自远方来，不亦乐乎？人不知而不愠，不亦君子乎？"

这样的布局应该是有深意的。除了强调学习的重要性，孔子那份对知己的强烈渴望，跃然纸上。

然而山穷水尽，朋友终究未来。

那就将空间之远，调整为时间之远吧。三百年，五百年，三千年，五千年。总有人会理解我的。

伴随孔子一生的寂寞与坚强，弟子们都看在了眼里。

太阳渐高，云层被赶到了天边，大半个天空成为澄净半透明的蓝色。脚下，炊烟已经散去，现出十万人家鱼鳞般的瓦。

不知从哪里传来一阵笛声，间或还有几记响鞭。应该是农人们开始上田耕作了。孔丘顿时精神一振，但这时一阵冷风吹来，毕竟还在野外，仍有些刺骨，他不禁打了个寒战。

"夫子累了，回去吧。"子贡鼻子有些发酸。

"是啊，累了，也该回去了。"孔丘喃喃道。

子贡上前想扶，孔丘摇头制止了他，还是背手曳杖，向着家门慢慢走去。

他记起了那年曾皙为他描述的人生理想："暮春三月，将厚厚的冬装换成轻薄的春衣，约上五六个朋友，带上六七个少年，先到沂水边沐浴，再去高坡上吹风，尽兴了，一路唱着歌，逍遥而归。"

暮春，差不多就是这些天吧。假如真的能来这么一次春游多好啊。沐浴吹风之后，师生几个最好还能喝点酒。"唯酒无量"，孔丘其实是喜欢喝几口的，但"不及乱"，一辈子从来没有敞开喝过。但现在，似乎不必再拘谨了，享受片刻那种醺醺然飞起来的感觉，想来也不会有啥大害。

不知为何，他想到了阳虎。玩火总是危险的，他终究被赶出了鲁国。不过，听说他逃到晋国，辅佐执政赵鞅，却是像模像样，居然使晋国又有了几分称霸的气象。孔子承认，抛开政见不说，他还是颇有些能力的。恩怨纠缠一辈子，人生尽头，真想和他心平气和地喝一杯酒啊——两个同样长得奇形怪状的老头子，面对面喝酒，那将会是一幅什么样的画面呢？

想着，想着，孔丘脚步都似乎轻了起来，眼底也渐渐幻出了一片葱茏的绿色，他不觉又微笑了。

手杖拖过泥地沙沙作响。子贡看着孔丘伛偻着一步步蹒跚远去，满头白发在阳光下散乱飞扬，眼泪夺眶而出。

21

七日后,孔子病逝于鲁国都城曲阜,时年七十三岁。

孔子去世后,弟子们怀念不已。同学中,刚好有一位叫有若的,言行相貌都很像年轻时的孔子,于是大家便推他坐在孔子的位置上,把他当作老师奉养,聊以慰藉思慕之情。然而,没过多久,他便被客气地请下了座。

有些人,注定不能被模仿。

两千多年来,孔子的座位始终空着,即便是在戏台上。

玉皇大帝、如来佛祖、太上老君。满天神佛都有人饰演,但就是没人敢将自己装扮成孔子。

相关史略：

公元前551年，孔子生。三岁，父叔梁纥卒，家境艰难；母颜征在亦卒于孔子少年。

公元前501年，孔子五十一岁，始出仕，为鲁中都宰；次年为司空，又为大司寇。

公元前497年，孔子五十五岁，去鲁适卫。

公元前485年，孔子在卫，夫人亓官氏卒。

公元前484年，孔子六十八岁，孔子返鲁。

从公元前497年到公元前484年，孔子周游列国先后凡十四年。

孔子去世后，弟子为之守墓三年，唯子贡为之守墓六年。据《论衡》记载，子贡原本自视极高，然"一年自谓过孔子"，然"二年自谓与孔子同，三年自知不及孔子"。

孔门核心弟子，分为德行、言语、政事、文学四科。孔子最喜德行科，尤爱老实木讷、沉默寡言者；然身后扬名，却多赖言语政事等科，其中最有力者为子贡与宰我。子贡多次被评不安天命，宰我则是《论语》中受批评最多最严厉的一位。

公元前478年，孔子去世次年，鲁哀公将孔子的故居改立为庙，陈列孔子生前用过的衣、冠、琴、车、书等，供人祭祀瞻仰。

公元前372年（约），孟子生。孟子"乃所愿，则学孔子也"，其时孔门弟子俱亡,孟子遂"受业子思(孔子孙)之门人",一生事业,依仿孔子。

公元2008年,孔子第七十七代嫡孙、末代衍圣公孔德成去世。

战　国

　　后背靠上墙根的同时，墨翟长长舒了口气。短檐其实遮不了多少风雨，但比起在野外劈头盖脸挨浇，毕竟好得多了。

　　雨势还是很大，没有丝毫减弱的意思。夜色漆黑，偶尔几道闪电，映照出不远处城门楼的轮廓，还有楼上那几个门卒的身影。

　　刚才就是他们拒绝了墨翟入城躲雨的要求，其中最年轻的那个还拔出佩剑，厉声质问墨翟是不是敌国的间谍。想起他们如临大敌的表情，墨翟就忍不住想笑，但发觉自己简直连笑的力气都没有——蓦然松弛下来，他感到极度疲倦，全身的骨架似乎都要散了，尤其是两条腿，又酸又胀，说不出的难受。

　　过去的半个多月，墨翟都在紧张地奔走——他记得自己从鲁国动身，十天十夜不休息，一口气赶到了楚国都城郢。这是第几双鞋了呢？墨翟脱下早已磨烂的草鞋，不由得呻吟了一声，脚底的水泡又破了，一动就渗血，钻心地疼。

墨翟从褴褛的衣襟上撕下一块来，用力绞干水，小心地包裹着自己的脚。这时又一道电光闪过，墨翟看到城楼上的影子还在警惕地往这边张望。他不禁苦笑，很想过去告诉这些忠诚的宋国卫士，你们已经安全了。

宋国安全了。

但墨翟什么也没说，连伤脚都没裹完，便发出了鼾声。

墨翟完全理解门卒的行为，毕竟，宋国此时正面临着巨大的威胁。有可靠消息称，强大的楚国正在集结军队，准备对宋国发起一次猛烈攻击；更令人担忧的是，据说著名的巧匠公输般还为楚国新设计了一种可怕的攻城利器——云梯。

宋国人不知道，正是那个被拦在城门外淋雨，蓬头垢面，乞丐一般的汉子，替自己化解了这场劫难。

他们更不会知道，这位汉子，其实还是一位开宗立派的大宗师。

先秦诸多学派中，墨家是除了儒家之外，影响力最大的一派，号称"非儒即墨"。然而，它的开创者墨子，也就是墨翟，留下的记载却相当少，甚至至今也不敢确定，这个"墨"，究竟是他的姓；还是说他曾经受过墨刑，也就是在脸上刺字；或者只是因为皮肤黑。人们只知道他来自社会底层，做过苦工，还可能坐过牢；早先学的是儒，但越学越觉得儒家虚伪做作，后来干脆反出师门，自成一派，专门和儒家唱对台戏。

在中国哲学史上，这一抹来历不明的黑色，显得相当沉重。无差别的爱（"兼爱"）、绝对的和平主义者（"非攻"），以及极致化的简朴（"节用""节葬""非乐"）……种种类似于后世僧侣或者基督教徒的大爱与苦行，使得墨翟的学说，一开始就表现出近乎自虐的悲壮。

谢天谢地，在最后一刻，墨翟成功地勒住了楚国咆哮的战车。

不过他也清楚，尽管表面看起来，楚王与公输般是被自己义正词严的言论说服了，但真正让他们屈服的，只是自己破旧的腰带和几块碎木片。

当着楚王的面，墨翟用腰带与木片，在王宫冰冷的青石地板上与公输般演习了一场攻守战役。在云梯模型第九次被击碎后，公输般终于认输了，他面色铁青地承认自己根本无法攻入墨翟用腰带围成的城池。

但他随后的话，让沮丧的楚王精神重新一振。"我知道怎样对付你。"公输般顿了顿，"但我不说。"

墨翟凝视着公输般，嘴角露出一丝嘲讽的微笑。"我知道你想怎样对付我。"他也停了一下，"我也不说。"

楚王满头雾水,让他们把话说通透了。墨翟这才解释:"公输般的意思不过是想杀了我。他以为我死了,宋国就没人能防守——不妨告诉大王,在我来之前,我的几百名学生就已经登上了宋国的城头。"

楚王不想打没把握的仗,尤其不想在小小宋国丢了面子,而墨家的军事防守,已经达到了那个时代的巅峰。

《墨子》里有相当一部分篇幅详细记叙守城战术,对当时所有可能的攻城手段,一一说明了防御的具体方法。可以想象,作为一位以反战为核心宗旨的撰述者,在向人传授连弩车、滚石之类杀人器械时,内心的扭曲与痛苦;这些篇目,也就成了《墨子》中最不祥而又最坚硬的部分。

"公输般之攻械尽,子墨子之守圉有余。"然而,墨翟却越来越觉得力不从心。他越来越清晰地感觉到,公输般的攻击力一次比一次加强;他不知道自己还能支撑多久,但他始终明白,防御,永远只是被动的无奈选择,天底下再坚固的城墙,也逃脱不了在云梯檑木前轰然坍塌的宿命。

他守得住城池,却无法守住人心。杀戮的乌云,正以前所未有的速度膨胀。墨翟有种强烈的预感,真正的恶战,只不过刚刚拉开序幕。

猛一声炸雷,墨翟蓦然从睡梦中惊醒,他惊惧地睁大了眼睛。

风雨正狂。

墨子的确切生卒年份，早在司马迁时就已无法考究。但其稍后于孔子，活跃于春秋末战国初，则是学界一致认可的。

春秋战国云云，只是后人生硬的划分，身处其间的人们其实并不会发现今天与昨天有什么不同，照样东边日出西边日落，照样饥来吃饭困来睡觉；就像温水煮青蛙，岁月的皮色在不知不觉中一点点转换。

公元前260年，秦将白起在长平坑杀四十五万赵军，又一次刷新了自己保持的杀人纪录，也将列国间的战争推向了最高潮。假如墨翟能够看到那座由头颅垒成的山峰，毛骨悚然之余，他定然明白，这已经是个陌生的世界。

他应该对这种战争方式感到恐惧，他甚至可能会怀念起从前贵族们的烦琐礼仪来——那原本是墨翟最厌恶的臭架子，也是导致他摒弃儒学的重要原因。

同样让他感到陌生的是兵器的材质——铁，泛着瘆人寒光的黑铁。在他的印象中，这种粗粝的金属一般只用来打造农具。一两百年过去，它还是用于收割，只不过它收割的庄稼多了一种，圆滚滚的头颅（也有观点认为，铁制兵器在我国大规模使用，要从西汉开始）。

在墨翟的时代，无论戈、矛，还是刀、剑，绝大多数都由青铜铸就；而青铜同样用来铸造鼎、彝、钟、磬等礼器乐器。钟磬悠扬，彝鼎庄重，于是，青铜撞击而成的春秋战争，不可避免地带上了几分节制。

公元前597年，晋楚战于邲水，晋军大败。追逃过程中，晋国的兵车陷入泥坑进退两难，楚人见状暂停战争，并指点他们如何出坑；等晋军挣扎出来了，继续追杀。好笑的是跑不了几步，晋车再次趴窝，楚军再次重复等待与技术指导。

公元前595年，楚攻宋，围困宋国都城达九月之久。宋大夫华元深夜潜入楚军营地，向楚军统帅说明城中山穷水尽，已发生"易子而食、析骨以炊"的惨剧，楚王闻知心生恻隐，停止了攻击。

公元前589年，晋、卫、鲁、曹四国攻齐；齐大败，晋将韩厥追及齐侯的战车后，先规规矩矩行了臣觐见君的礼节，奉上一杯酒和一块美玉，并一再对自己不得不俘虏对方而表示歉意。

公元前575年，晋楚战于鄢陵，晋将郤至在战斗中三次逼近了楚王；然而每次远远望见楚王，郤至便脱盔下车，调头避开。楚王派人赠他一张弓，他免冑恭敬接受，向使者作揖，并请使者转达对楚王的感谢。

同样在这场战役中，还是那位韩厥追击郑成公；替他驾车的驭手发现郑成公的驭手慌了手脚，不停回望，已不能专心驾车，便告诉韩厥说很快就能追上；韩厥却说"不能再羞辱一国之君了"，让他把车停了下来。

公元前554年，晋军攻击齐国，刚入齐境，得知齐灵公薨，立马班师回国。

公元前530年，楚吴交战，楚将商阳每射杀一个敌人，都要下车把死者的眼睛合上。

类似的记载，《左传》等先秦典籍中随处可见。在后世看来，如此彬彬有礼的战争似乎有点不可思议，然而在当时，平等对待对手，体恤敌国人民，尊敬敌国君主，诸如此类的战争礼仪被视作理所当然，郤至韩厥等人绝不会为此受到惩罚，反而还能因之赢得更好的声誉。

实际上，正如孔子所感慨："杀人之中，又有礼焉。"春秋的战争有很多规则，两千多年后依然闪耀着人性的温煦光芒。比如"不重伤"，不对同一个对象进行第二次伤害；"不杀黄口"，赦免未成年人；"不获二毛"，不俘虏上年纪的老战士；"不鼓不陈列"，不攻击没有排好队列的敌人；甚至还有"不逐北"，对手抵挡不住开溜，追几步意思意思就行，不必穷追滥打非逮住不可。

"请与君之士戏。"这是公元前632年，楚国一位将军向晋君请战时所用的婉转措辞。一个"戏"字，有意无意透露出，春秋时期，对于各国君臣来说，战争，同时往往也是一场游戏。

"让士兵们随便玩玩，大王您和我不妨都在车上观赏。"

春秋战争还有一个显著特点：尽管不少小国在战火中被吞并，不过大国之间，灭国并不是战争的终极目标，很多时候他们要的，仅仅是对方的屈服。

春秋时最具侵略性的国家无疑是以蛮夷自居的楚，但即便是楚，也不会轻易亡人国家。公元前601年，楚以平乱为名伐陈，随即将陈纳入了版图。正当楚国君臣为此庆祝时，有位大臣给楚王说了一个比喻：某人牵牛践踏了别人的田，固然错误；但你借此把牛夺为己有，不也太过分了吗？楚王闻言连称有理，立即下令使陈复国。

存陈不是楚王偶然的开恩，《左传》中有多次楚国战胜而又保全敌国的记载。比如公元前597年的郑。当郑国都城被攻陷后，郑襄公光着上身，牵着羊去向楚王请罪，楚王见他可怜兮兮，大手一挥，便饶了郑国这一遭。

还有人比郑襄公更会博同情，有的战败国国君投降时甚至带上了棺材，这种场景在《左传》中总共出现了两次，最终他们都得到了宽恕。宽恕他们的，还是野心勃勃的楚国。

春秋时诸侯最高的理想是称霸。在先秦典籍中，"霸"一般写成"伯"，两字通用；而"伯"的最初意义，是大拇指的象形。也就是说，春秋时期的战争，只不过是各枚手指争夺老大的较量，而不是你死我活的决斗。

不知道是不是受"伯"字本意的启发，后人从春秋列强中选了五位，称为"五霸"，刚好是一只手的手指数。不过"五霸"究竟是哪五位，齐桓晋文之外却众说纷纭，其中争议最大的当属宋襄公。

不知是不是幸运，宋襄公恰好碰到了一个渴望英雄的年代。齐桓已殁晋文未兴，在这霸主青黄不接的空档，他大喝一声，跳了出来。

宋国小民寡，却高调图霸，结果被齐、楚等大国百般戏弄，受尽凌辱。襄公却愈挫愈勇，每届诸侯会议都以盟主自居。

襄公的偏执在一场战争中表现得淋漓尽致……

公元前638年冬，楚国发兵伐宋，宋楚战于泓（今河南柘城县）。当楚军来到泓水对岸时，宋军早已列队整齐；楚军渡河，有人向宋襄公建议："等他们渡到一半，我们掩杀过去，定能取胜。"襄公却说："不等人家过完河就打，怎么能算仁义之师！"楚军过河后，正在乱哄哄布阵，那人又建议襄公抓住最后的机会趁乱攻击，又遭拒绝。直等到楚军收拾得妥妥当当，宋襄公才擂响了冲锋的战鼓。

以弱宋敌强楚，没有奇迹。宋师毫无悬念地成为碰石头的鸡蛋。襄公自己也被一支流箭射中屁股，毕竟上了年纪，受此重创恼羞交加，不久便死了。

这就是宋襄公的霸业，只不过是一场笑话。

宋襄公并不是唯一被讥讽的宋国人。

先秦典籍中，有个独特的现象，很喜欢拿宋人来消遣。"守株待兔""揠苗助长""朝三暮四""智子疑邻""野人献曝"……这些极尽挖苦的成语，被攻击的主角竟然大都是宋国人。某种程度上，"宋人"，在当时几乎成了愚蠢的代名词。

除了国力不振，宋人被集体污名化，还因为其背负的原罪：宋国最初其实是周王朝安置商朝遗民的管制区，与周王室既没有血亲，又不是臣藩，一开始就被登记在黑名册上。

然而，在尽情贬损的同时，人们却又惊奇地发现，这个出产超级傻瓜的小国，同样出产第一流的智者。墨子、庄子和惠子，都是宋国人；就连孔子，祖上也是宋国的大夫。如果再算上老子（关于他的籍贯，至今争论不休，其中一种便是宋国说，即便按照司马迁的说法，"楚苦县人"，距离宋国也只有几十公里），中国三千年文化最主要的几个源头，竟然都发源于宋。

根深才能叶茂。俗话说，培养一个真正的贵族，至少需要三代人，孕育一位文化大师，需要的时间还要漫长。区区一宋国，却诞生了儒、道、墨三巨头，能不能理解为作为前朝遗民的后裔，他们更怀念也更珍惜传统？

孔子维护周礼，墨子反对破坏，老庄提倡无为。恋旧，抑或认死理。在对待过往的态度上，很多时候，智者与愚人，其实并不容易分清——

虽然沦为笑料，司马迁却依然将宋襄公列入"五霸"。他评论说："（襄公）既败于泓，而君子或以为多，伤中国缺礼义，褒之也。"

司马迁如此不计成败表彰宋襄公，是因为他看出了，襄公貌似迂腐的行为下所追求的，其实是真正可贵的霸政精神。

宋襄公极其崇拜齐桓公，可以说，齐桓公是他毕生的精神导师。公元前651年，齐桓公霸业如日中天之际，他遍邀诸侯，在葵丘（今河南兰考）举行了一次著名的会盟。

在葵丘会上，齐桓公主持缔结了一个盟约，主要内容是："诛责不孝之人，不要废立太子，不可以妾为妻；尊贤育才，表彰品德高尚者；敬老爱幼，不可怠慢过往宾客；士人官职不可世代相传，公家的职务不可兼摄，用人应该合理，不可擅杀大臣；不得壅塞水源，不得阻碍各地粮食流通。"

五条盟约掷地有声，齐桓公的拳拳仁心千载之下还是令人动容，连不轻易表扬人的孟子都曾因之感叹："五霸，桓公为盛。"

作为五霸之首，齐桓公为春秋霸政树立了一个高大的榜样：他所致力的霸业，在接受列国拥戴的同时，也承担起了维护邦国安全的责任；霸主的军队，不应该用来欺凌弱小，而是对外抵挡外族入侵，对内仲裁争端匡扶正义。

一言以蔽之，真正的霸主，须得让列国心服，而不是迫于一时的武力。而欲让列国心服，只能堂堂正正光明正大，绝不能使阴谋诡计。亲身参与过葵丘之会的宋襄公，信服于齐桓公的辉煌霸业，一心效仿，欲以仁义服人。

事实上，若是引经据典，他的不击半渡并不可笑。按照《周礼》，一场规范的战争，交战双方本来就不应该占据有利地形，而是找一块平坦的地，等两边都列好队形，一声令下，一起冲锋。就像体育比赛，谁也不许抢跑。

只可惜楚人蛮横，不讲武德。

宋襄公之后，争霸继续进行。霸主的大纛在列国间传递，无休止的争夺中，它渐渐滑出了中原，落入了榛莽丛生的江南。

有的说法把吴王阖闾（或者夫差）与越王勾践也被列入五霸，但这对比邻而居的冤家，对于何谓霸主，却有着截然不同的理解。

公元前483年，积蓄已久的分歧，终于在一种南方主产的粮食——稻谷——上暴露了。

这一年吴国遇到了前所未有的饥荒，大片农田颗粒无收，所有人都困惑不解，因为当年风调雨顺，老天给足了面子。后来有人想到，绝收的田地全部用了越国的稻种，这才恍然大悟：原来越国的稻种在送来之前，竟然都已被蒸熟了。

吴人的愤怒可想而知，因为越国这是典型的恩将仇报——上一年，越国歉收，是吴国借粮帮他们渡过了难关，那些稻种，本是用来偿还欠粮的。

其实早在越国求助之初，很多大臣，比如伍子胥等，就劝谏吴王不可扶持敌人，但吴王力排众议，还是慷慨允诺。

与当初决定保全越国一样，吴王在关键时刻的心慈手软虽然为自己的覆灭种下了祸根，但不可否认，若从齐桓公的角度看，存亡续绝扶危济困，绝对是值得赞扬的霸主行为。

十年之后，越军攻入姑苏。夫差请降，他本以为勾践也会给吴国留下一小块地盘延续宗族，就像自己当年那样；然而勾践却森然说道："从前老天把越赐给吴，而吴不受；今天以吴赐越，我不敢不听天命。"夫差自杀，吴亡。

尽管同样生活在江南，而且还有好几年时间几乎天天见面，但正如太湖与钱塘江分属两大水系，夫差与勾践，却属于两个不同的时代。

蒸熟的稻种烂在泥里。随着夫差颓然倒地，一页史书翻到了尽头。齐桓公彻底成为传说，南方的山水间悄悄燃起了战国的烽烟。

对于远处东南的吴越，中原诸国尽管名义上承认其亦为华夏苗裔，内心却将那片潮湿的土地视作蛮荒。尤其是"越"，很大程度上并非特指，而是泛称生活在东南山林中的各个蛮族——故有"百越"之称，就像称北方蛮族为"胡"那样。到了西汉时，淮南王刘安还在一份谏书中提到"越非有城郭邑里也，处溪谷之间、篁竹之中"，先秦时的越人生活自然更为恶劣，如《管子》云："越之水，重浊而洎，故其民愚疾而垢。"

然而，数百年春秋，收拾残局的，偏偏就是这群满身腥臭的野蛮人。

吴越的崛起，不仅迅速，而且气势逼人。吴国一起身，就把老牌强国楚打了个落花流水。而越人的出场，愈发令人心惊肉跳。

那是南方两个相邻蛮族之间的一次大规模较量。

公元前496年，吴王阖闾兴师伐越。在今嘉兴附近，双方摆开了阵势准备厮杀。大战一触即发之际，越军忽然派出三队武士走到阵前，每人手中都提着剑。吴王冷冷一笑，刚想下令攻击，这时令人不可思议的事情发生了，那些武士竟然一队接着一队，纷纷大呼一声挥剑自杀。莫名其妙的吴兵看得目瞪口呆,这时勾践却擂响了进军的大鼓。

此役的胜负并不重要,可怕的是,越人在历史舞台上的第一次亮相,竟然是踩着自己人横七竖八的尸体!

这种闻所未闻的残酷,令所有的中原诸侯都头皮发麻。很多年后,只要想起那群横剑狠狠勒向自己脖颈的越国勇士,他们的脸上还会锈起一层铜绿,还会听到一种清脆的金属碎裂之声。

实际上,他们的怯意,早就随着那种名叫"剑"的古老兵器日行其道而萌发。

对于中原士兵,遭遇一把剑,是战场上最可怕的噩梦。多年以来,他们已习惯了乘着战车驰骋冲杀。因为人强马壮,因为居高临下,因为重盔厚甲,他们自豪,他们暴躁,他们狂傲,他们横着长长的戈矛不可一世。直到那天,一支鸣镝尖啸着破空而来,战马在惨嘶声中趔趄倒地。晕头转向的战士们挣扎着爬起,突然发现眼前苍莽的山林中竟然潮水般涌来一大群奇怪的生物,披头散发,脸上描着丑陋的纹理,龇牙咧嘴不知吆喝着什么,赤脚裸身,如猿猴一般跳跃而来——

每人手中都高高举着一把雪亮的、相比戈矛要短小得多的剑。

一寸长一寸强,一寸短则一寸险。一把剑绝对要比一支长矛更接近死亡。剑刃刺入肉体的那一刹那，你分明能听到骨骼与锋刃摩擦的声响；心脏怦然崩裂，滚烫而黏稠的鲜血溅了你满头满脸；一具尸体温柔地拥来，两眼死鱼般瞪着你，嘴角挂着嘲讽的冷笑，喉间似乎还在咕哝着什么，你甚至还能闻到他口中的蒜臭；你摇晃着拔出剑，却带出了一截油腻腻冒着热气的人肠……这种零距离的惨烈，是战车之上的中原将士们鲜于经历的，他们最得心应手的作战方式是挥舞着长矛遥遥瞄准，深吸一口气，驾车奔驰、狠狠冲刺。除非别无选择，他们尽量避免近身搏杀，腰间的佩剑，更多时候只是作为打扫战场割取首级计功之用。

"吴越之君皆好勇，故其民至今好用剑，轻死易发。"而正如《汉书》所言，吴越两国，却以剑为最重要的武器。干将、莫邪、龙渊、泰阿、工布、湛庐、纯钧、胜邪、巨阙、鱼肠……这些传说中的顶级名剑，几乎全部出自吴越。文献记载，仅勾践一人，便曾经拥有过其中的好几把。

史料与考古也已经证明，越国的铸剑技术，遥遥领先于中原诸国。1965年，荆州望山桥楚墓群中出土了一把古剑，在地下埋藏了2000多年居然毫无锈蚀，轻轻划去20多层纸应声而破。据考证，这也是当年勾践的佩剑之一。

与后人对"王者之剑"的想象不同，这柄剑身长不过一寸左右，只能算是一把稍大的匕首。虽然短小，但暗黑，阴冷，直到今天，依然散发着一种来自南方沼泽的毒蛇身上才会有的戾气。

支离破碎的江南丘陵，决定了吴越短兵相接的作战方式。

战争区域不断扩大后，战车的地位逐渐变得尴尬起来。它横冲直撞的威力只能在平地上发挥，当战火从中原蔓延出去，进入纵横的河道、起伏的山林时，便暴露出了致命的缺陷：任何一道小小的沟坎、窄窄的溪流，都有可能令它们动弹不得——公元前589年齐晋交战，齐国失利，晋国企图胁迫齐把田间道路全部改成东西方向，充分说明了战车对于平整道路的依赖。

无可奈何花落去。多次惨败之后，曾经风光无限的战车不可挽回地走向了下坡，进入战国后，各国军队的主力都汰换成了步兵和骑兵。

跳下车的战士很快调整了状态，他们逐渐适应了越人所带来的猛烈冲击，已经有勇气在任何复杂的地貌战斗；或者说，越人的剽悍激发出了他们暴戾的斗志，他们也学会了野兽般撕咬。短短几十年，江南的剑气便开始黯淡，很多善忘的中原人甚至嘲笑起越人的矮小瘦弱来。

比如魏国就对自己的进步相当满意。他们组建了一支强壮的新型军队，每个全身重甲的武卒，背负着几十斤武器装备，还能在半天内急行一百里。在地面站稳脚跟后，他们完全恢复了自信。

公元前306年，楚灭越。

从被用来衡量国力的重型武器，到食之无味弃之可惜的鸡肋，战车的没落蕴含着深刻的意义。

表面看来，车战演进成人战之后，战场由平面变成了立体，攻击方式由面对面冲撞变成了全方位混战，但更重要的区别在于战争群体的转换。

战车不仅仅只是兵器，它同样承载着一种礼制。孟子曾经说过一个故事：赵简子命令当时第一车手王良载着他的宠臣奚去打猎，一整天毫无收获；奚回来抱怨说王良无能，王良得知要求再猎一回，结果一个上午就满载而归，奚为此改变态度赞不绝口；赵简子便想让王良专门为奚驾车，但王良坚决不肯，说驾车应该有规矩，后面那次虽然猎物堆积如山，却已经为了顺从奚破坏了规矩，此事不可有再，他不习惯替奚这种只计结果的小人驾车。

春秋时期，驾驭战车是极其严肃、甚至神圣的，君子必须掌握的"六艺"中，与车战直接相关的就占了两艺：射、御。事实上，能够驾着战车披甲上阵只是贵族的特权，平民或者奴隶虽然也会出现在战场上，但他们只负责一些杂役，比如运粮草、搭帐篷、做饭、喂马。经常会出现这样的情况：沙场上打得人仰马翻，空闲下来的后勤人员却三三两两地散坐在各自的军阵后面，围着火炉懒洋洋打盹，似乎眼前的战争与他们毫不相干。

某种意义上说，战车象征着等级，以车战为主要形式的战争，只能以贵族的身份进行。而各国诸侯，脉管里大都流淌着同一个源头的血：周王分封的七十一个藩国，五十三个是同姓，其余大多也是姻亲；参战各方如果排起辈来，或者你是我小舅，或者我是你大伯，打断骨头连着筋，扯来扯去，其实都是一家人。这也就是春秋战争礼仪能够存在的前提：齐桓公的品德不见得比战国的君主高尚太多，压制他野心的，很大程度是来自血缘的约束。

然而，宗族扩张的过程也就是血缘淡化的过程，从孔子评价齐桓公"正而不谲"，到几十年后晋文公的"谲而不正"，能够明显看出亲情的快速疏离。春秋诸霸，若以公心而论，一霸不如一霸，这也是宗族纽带断裂后的必然惯性。

战车地位的下降，意味着血缘秩序的渐次破坏；这种破坏具体表现在战争上，首先是参战对象向平民的全面开放，这令战争规模以几何倍数扩大。

战车不仅高贵，而且昂贵。齐桓公即使在全盛时期，拥有的战车也没有超过八百辆，投入作战的人数一般最多也只有三万；而战国七雄，随便哪一国都有几十甚至上百万的常备军队。相比战国，春秋的战争简直像是村寨之间的械斗。

其次，车战的削减乃至淘汰，使得战争再没有标准模式——战车的笨重,决定了它的攻击只能横平竖直地进行,而其所附着的贵族礼仪,也使它的进退必须符合传统轨道;但进入战国后,战场上再没有任何道德评判,战争的起点与终点之间不再只是简单的直线,而是存在了无限可能。

田忌赛马的故事,正是这个转型期最好的注脚。

以下等马对付上等马,用上等马对付中等马,用中等马对付下等马。如此必可一败而两胜。这个中国历史上著名的赌局,在后世成为善于运用敌我优势的范例,然而,田忌的做法,在当时其实是犯规。

换个说法,田忌之所以能够成功,不过是所有人都习惯了公平竞赛,万万想不到,马的等级也可以随意调换。在讲究血统和出身的时代,与低级别的对手作战,无论对人还是对马,都是一种莫大的侮辱。

但田忌的套路,只能用一遍。

谁也不是傻瓜。

每破坏一道规矩,人心就多一层松动。

当所有禁锢都被解开时,人类原本被压制着的诡诈,便如火山般猛烈喷涌了。

我国最著名的军事大师孙武，出现于春秋末期；之后，兵家层出不穷，谋略日新月异，很快将战争发展成了一门艺术，一门再不是车与车斗，而是人与人斗、将人心险恶探究到底的血腥艺术。

"兵者，诡道也。"（《孙子兵法》）

"自春秋至于战国，出奇设伏，变诈之兵并作。"（《汉书》）

"春秋时犹尊礼重信，而七国则绝不言礼与信矣；春秋时犹宗周王，而七国则绝不言王矣；春秋时犹严祭祀、重聘享，而七国则无其事矣；春秋时犹论宗姓氏族，而七国则无一言及之矣。"（顾炎武《日知录》）

田忌很快就将赛马的心机用在了战场上。著名的围魏救赵战役，他能成功，关键一招，便是派出一支明知必败的军队，用几千条人命去吸引敌方精锐。

战国中叶，宋国上演了一场闹剧：宋康王将盛满鲜血的皮囊挂起来当靶子射，还命人狠狠鞭打地面，说是"射天笞地"；同时把祖宗牌位也烧了个精光。天下人都说他疯了，称他为"桀宋"。

作为宋襄公的后人——据《孟子》书，与乃祖一样，康王早年间也努力实行过一段仁政——他或许比所有人都更敏锐地察觉到天地伦理的急剧沉沦，加之国处列强腹心，脖颈上的绳圈越抽越紧，绝望之极终于歇斯底里大发作了。

最难适应新的时代的，依然还是宋国人。

摆脱了车轮的羁绊，现在，死神全身轻松；它展开双臂，狞笑着扑向了战场。

纵容对手喘息被视作妇人式的愚蠢，战国的将领们调整了作战目标，一劳永逸地歼灭敌人的有生力量被视作最理想的业绩。

顾炎武曾经总结过："终春秋二百四十二年，车战之时，未有斩首至于累万者。"而据清学者梁玉绳考证，仅仅一个秦国，在战国有记载的斩首数量就达到了一百六十六万八千人。

如此数字触目惊心——七雄中楚国人口最多，但也只有大约五百万。开放战场后，取代贵族成为战争主角的平民伤亡惨重。

让我们为罹难的冤魂哀悼吧，然而他们也用自己的尸体夯筑了一道跨越阶级的血腥之梯：从另一个角度看，战争向平民敞开了改变命运的大门。

"在漩涡中，物体的位置比在静水中变动得更快、更突然。水草可能漂向水表，而漂浮物也许被推向水底。"史家许倬云先生如此概括他所理解的春秋战国。据他统计，公元前464年之后，起码有55%以上的历史人物都是出身寒微，白手起家的。以赵国为例，战国十三位宰相中，明显有八位既无王室背景，也没有与世家的任何联系；而秦国，平民至少占了十八位宰相中的十三位。

出将入相，终究是金字塔的高处，能跻身其上的只是少数；但这并不妨碍梦想在泥淖中萌发，毕竟，他们卑贱的血肉如今终于有了价值。

战争替死亡找到了出手阔绰的买家。商鞅曾经为秦人开过一张价目单，他规定每斩下一个敌人的头颅，可以换取爵位一级、田宅一处、奴隶数个；依此类推，砍头越多级别越高。虽然秦国最重军功，但类似的赏格同样盛行于其他国家。

爵位的刺激无处不在，根据湖北睡虎地秦简，即便只是一日三餐，秦人也等级森严：三级爵，每顿能配给精米一斗，酱半升，菜羹一盘；二级只能吃粗米；没爵位的，连果腹都成问题。

《商君书》记录了这张价目单所带来的热烈反响："秦人听说要打仗了，就像恶狼见了肉那么兴奋；出发前，父亲嘱咐儿子，哥哥嘱咐弟弟，妻子嘱咐丈夫：不砍下敌人的脑袋，就不要回来。"

从出土的秦俑也可以看出秦人对于战争近乎变态的狂热。无论士兵还是军官，一律不戴头盔，俑坑中甚至没发现盾之类防御性武器；身上的铠甲也很简单，甲片减少到了最低限度；军阵最前方的弩兵部队，更是全身轻装，身无片甲。只有一种解释最合理，那就是秦国军人宁愿增加风险，也不想让沉重的盔甲盾牌成为自己杀敌晋爵的累赘——战场上，跑得越快等待他斩获的头颅也就越多，至于失去自己头颅是不是也更快，他们就无暇考虑了。这完全符合著名说客张仪对秦军作战的描述，那样的场面令人不寒而栗："他们光脚赤膊,左手提着人头,右臂夹着俘虏,在战场上健步如飞。"

韩非子并不认为秦人的勇武是因为爱国,用他的话说,主卖官爵,臣卖智力,双方又没有父子之亲,彼此不过是雇佣关系罢了。睡虎地秦简中所记录的几个秦兵争夺首级自相残杀的案例,为他冷峻的言论提供了有力佐证。

比生命更昂贵的商品是智慧。除了小部分特例,战国士子苦读求学,动机纯然为了自身富贵,并不想对这个世界贡献些什么,因此胸中毫无原则,谁出价高便向谁兜售。苏秦就是极好的典型,手持同一张地图,对不同诸侯,他有一纵一横两套完全相反的战略拓展方案。

诸侯的野心与平民的欲望,在同一条轨道上重叠了;他们上下合力,共同将战争的雪球推得越来越大。

满目阴谋,满目杀戮。人间烽烟四起,生灵涂炭。

按理说,也该有人管管。

比如周王。论起来,春秋五霸也好,战国七雄也好,腕再大腰再粗,名分上还是周王朝的属臣,该听周天子的话。但数百年间,王室发出的声音越来越少,很多时候,人们几乎都忘了战场中央始终坐着一位天子。

周王自顾不暇。进入战国之后,王室其实已经是最弱小的存在，号令几乎连王城都出不了；能够延续王位，不过是列强谁也不愿担负弑主的恶名。

东周王朝，享国最久的君主是姬延，在位将近六十年。然而，这五六十年天子生涯，换来的却是一个"赧"字。

赧者，因羞愧而脸红也。

周赧王是与那座债台一起被载入史册的。赧王一辈子都被秦国欺负，实在忍不住，便掏空家底，拼凑了五六千老少去拼命，只是连武器粮饷都得向京城的富人筹借，约定以战利品偿还。结果自然是灰溜溜逃回来。债主们见投资失败，整天堵在宫门外吆喝讨债。赧王走投无路，只好躲到宫后的一个高台上。

债台之上，面红耳赤之际，赧王会不会怀疑起自己的天子身份是否已被废黜：

难道拳拳天心，也会像宋人那般朝三暮四吗？

周天子逆转不了天意。

就像高山坠石，不到底势不能止，旧秩序已然在战争中破坏，新秩序必须在战争中重整；除非战场上只剩下最后的赢家，中途谁也无法击响休兵的铜锣。

儒家不能，道家不能，墨家同样也不能。

墨家学说只在战国前期盛行，不久就开始分裂、衰微，淡入了历史的幕后，此后直到清末，两千多年来很少有人提及。

据说后世的侠客，就是墨家的一支。他们躲藏在暗处，世代传承隐秘的刀刃，尽可能替受欺凌的弱者抵挡暴力。

他们始终保持个体的独立，与官府合作，被真正的侠客视作可耻的堕落。

雨终于停了。墨翟收拾起简单的行李，准备继续赶路。

他要去看看禽滑釐，自己最器重的大弟子。这段时间他一直帮着宋人没日没夜守城，无疑也累坏了。墨翟摸了摸口袋，还有一点钱；他想好了，难得奢侈一回，买点酒肉，师生好好聚聚，顺便探讨一下越来越不容乐观的形势。

但禽滑釐令他想起了另一个学生，那人身体强健，思维敏捷，墨翟对他抱有很大期望。然而在门下仅仅学习了一年，他便向墨翟提出要求，希望能被推荐到各国去做官。

墨翟不禁皱起了眉头。

相关史略：

公元前546年，宋国执政向戍发起，晋、楚、齐、卫、郑、鲁等国于宋都商丘盟会弭兵；会后，晋楚两大国四十余年无大战，战争中心由中原转向东南。

公元前403年，周威烈王正式加封韩侯、赵侯、魏侯；韩赵魏三家分晋。

公元前386年，周安王封田和为齐侯，田氏代齐。

公元前356年，秦孝公以商鞅为左庶长，实行变法。

公元前326年，赵武灵王即位，不久发布"胡服骑射"的军事法令。

公元前241年，楚、赵、魏、韩、卫结合纵盟约，五国联军攻秦；军至函谷关，秦开关延敌，联军不敢战而走。

公元前257年，秦名将白起被秦昭襄王赐死，自刎前长叹："我固当死。长平之战，赵卒降者数十万人，我诈而尽坑之，是足以死。"

公元前256年，秦攻周，掳周赧王入秦，既而释归；赧王卒，周亡，立国879年。

公元前221年，秦统一六国。收天下兵器，聚之咸阳，为金人十二。

稷下之殇

原本只是一句再寻常不过的招呼。

"颜斶,走上前来!"王座之上,齐宣王居高临下,保持着与他身份相符的矜持微笑。

"齐王,走上前来!"

大殿似乎微微摇晃了一下。颜斶,一介布衣,只不过读了几年书,居然就敢使唤小辈般对一国之君呼来喝去?宣王的笑容顿时凝固了。左右大臣也都一怔,但马上就反应过来,炸了锅般纷纷厉声责骂:"大王是齐国之主,你只是个穷匹夫,大王命令你过去理所应当,你怎么能叫大王过来呢?"

"如果我走到大王面前去,说明我屈从于他的权势;如果大王向我走过来,说明他礼贤下士——与其让我屈从大王权势,不如让大王礼贤下士的好。"

"那你回答我:你我二人,君王或者士子,究竟哪一个身份更尊贵?"挥挥手,制止众人喧哗,强压住火气,宣王森然发问。

"自然是我。"颜斶下巴高高抬起,还是那种令人不快的倨傲。

"你给我说个明白!"宣王不自觉地握紧了腰间的佩剑。

但片刻之后,齐宣王便被颜斶的三言两语说得没了脾气,不仅赔了礼,还希望他能接受好酒好肉好房好车的供养,以便自己随时求教。

言下之意,就是想邀请颜斶入住稷下学宫。

齐都临淄有个叫稷的城门,可能是对着一座以稷为名的山,也可能是附近有条叫稷的河。稷门之外,曾有过一大片豪华建筑,有人说它是我国最早的官办大学和社科院,而当时的名称则是"稷下学宫"。

稷下学宫始建于公元前四世纪中前期齐桓公时,之后几代齐王继续扩建,最盛时集有上千位学者,加上随学弟子,总人数经常多达数万;虽然中间随着齐国的战乱有过几次低谷,但始终灯火不绝,直到公元前221年秦兵攻入临淄才彻底废除,先后延续了将近一百五十年,基本与齐国相始终。

旅居稷下的学者被称为稷下先生,得到齐国给予的高规格待遇以及丰厚俸禄,但身份比较特殊,"不任职而论国事",来去自由,属于类似智囊团的"客卿"。

名义上，他们都是齐王的老师。

假如孔子得见稷下，不知会有何感慨。

他是在寂寞中去世的。一生政事失败，晚景更是凄凉，以至于被很多人质疑还不如能赚钱的子贡。但无论孔子还是子贡，都不会想到，仅仅几十年后，自己这个群体，居然会受到如此狂热的追捧。

二百余年战国史，魏是最早称雄的国家。从魏文侯即位直至公元前四世纪中叶，西攻秦，东败齐，北灭中山，整整一百余年没有对手，几乎一家独大。而魏国的强盛，最关键的原因是，魏文侯任用了一大批来自社会中下层的士人，如田子方、李悝、段干木、吴起、乐羊、西门豹，文治武功，俱当其用。而其中最得力的将相，吴起与李悝，都是子夏的学生。

而子夏，只是孔门七十二弟子中的一个，而且属于入门最晚资历最浅的一批。

魏的巨大成功，向天下展示了知识的力量。进入战国之后，上至诸侯、下至权臣，各方竞相争夺人才，"养士"成为风尚。孟尝君、平原君等所谓"战国四君子"，还为此展开竞赛，每人门下长年都有数千宾客。

但以表现来看，四君子门下，大多只是"鸡鸣狗盗、引车卖浆"的低等人才，那一百多年，上档次的学者，大部分都被齐王延请到了稷下。毕竟不同于四君子的私门礼聘，稷下学宫属于国家行为，级别更高，名义也更正。

当然，齐王的优厚供养也很重要。事实上，维持稷下需要一笔相当浩大的费用。好在齐国得天独厚，既有内陆的发达农业，又有沿海的鱼盐之利，在列国中历来便以富裕著称。

齐王固然客气，不过稷下先生却也受得起他的礼遇。他们中的很多位，直到今天名号仍然熠熠生辉，从不同角度代表着中国最原生态的本土文化：

孟子、荀子、邹衍、淳于髡、田骈、接子、慎到……

儒、道、名、法、墨、阴阳、小说、纵横、兵、农家……中国人津津乐道的"先秦诸子"，起码一半以上都曾有过游学稷下的经历；而所谓的"百家争鸣"，主讲坛就设在稷下学宫。

可以这样说，那一个半世纪，东方世界最高层次的智慧，绝大部分都汇集在了齐国。

东有黄海，西有黄河，北有渤海，南有泰山。

列国之中，齐的位置相当有利。四面都有天然屏障，不容易受到侵略。加之原本就是列国中的首富，故而国力一直很强盛，魏国的霸政，便是被其终结。尤其战国后期，楚国之外，堪与秦一较高下的，只有齐一国；齐秦甚至一度势均力敌，还商量过在东西两隅同时称帝。

可以说，在时人的眼中，齐国同样存在统一天下的可能。如此实力，再加上通过稷下获得了诸多顶尖大师的鼎力相助——尤其在军事谋略方面，更是独步古今：中国历史上最经典的几部兵书，如《孙子兵法》《孙膑兵法》《司马兵法》，几乎全部都诞生在齐国——想象中胜利的天平应当重重倾向齐国。

齐王踌躇满志。愈发提高了稷下先生的待遇。于是，如百川汇海，"后车数十乘，从者数百人"，一支比一支庞大的学者团队，从天南地北浩荡而来，意气风发地拥入了临淄城。

但结局却是秦军不费吹灰之力便攻破了临淄（齐的外强中干早有表露：公元前284年，燕将乐毅攻齐，居然一口气攻下七十余城，齐几乎就此亡国）。末代齐王建，被秦始皇流放到太行山区、一个名为"共"的荒野上，最终被活活饿死在松柏林中。很快，齐国故地上开始流传起一首饱含血泪的民谣：

"松耶！柏耶！住建共者客耶！"

松树啊，柏树啊，把建送到共地的，就是那些客卿啊——

几乎一夜之间，齐人便集体沦为了战俘。痛定思痛，他们悲愤地发现，最该为此负责的，居然是那些享受着国宾级待遇的读书人；尤其令人心寒的是，早在秦人攻城之前，这些学者便从各个城门，悄然离开了齐国。

昔日人声鼎沸的学宫，早已经是空空荡荡。

齐人有理由怨恨客卿。

齐的亡国，根本原因在于其长期奉行的绥靖主义。自恃地理优越，齐人面对虎狼之秦，姑息容忍，坐视五国一一被其从容吞并，最终腾出手来收拾自己——为了避免秦人忌恨，齐王居然不修武备不设防，甚至秦军每灭一国，都要遣使去咸阳祝贺。而这些无异于自掘坟墓的鸵鸟政策，正是来自客卿们的建议。

不过，严格说来，并不能将这一时期的客卿，完全等同于稷下先生。齐王建后期的稷下，早已星光黯淡，稷下先生徒有虚名，即便不是心怀叵测的秦国间谍，也都只是些滥竽充数的南郭先生罢了。

事实上，稷下的衰相早就开始显露，那时荀子还在齐国。

秦的事业，有两个人起了相当重要的作用，可以说是他们精确地校准了帝国战车的方向；而他们——李斯和韩非——都是荀子的学生。

赵国人荀况，一生中有五十余年居住在齐国，襄王时期曾"三为祭酒""最为老师"，担任了很多届稷下学者的领袖，但最终还是离齐去楚，并在楚国终老。

是齐王对待稷下先生不够诚恳，没有最大程度地发挥出稷下先生的作用吗？

不妨看看淳于髡在稷下的经历。

髡，意思是剃去头发。在"身体发肤受之父母"的古代，属于一种相当侮辱的刑罚。从名字就可以看出，淳于髡的出身相当低贱。除此之外，他还是一个"赘婿"，也就是大户人家招的上门女婿，本质上属于奴隶。雪上加霜的是，他长得也很遗憾，身高不到一米六，与齐国的山东大汉站在一起，天然更添三分猥琐。

然而，这样一位淳于髡，在稷下，不仅没有受到歧视，还因为学识出众，被推举为领袖。从齐威王开始，历代齐王对他更是恭敬有加，"赐之千金、革车百乘"，不仅邀请他教育太子，甚至还请他代表齐国出使，斡旋诸侯间的大事。

四君子养士，很大程度是以此发展私人势力。与其相比，齐王对待学者的态度要纯粹得多，根本不设话题和尺度的限制，学者们因此畅所欲言百无禁忌。孟子就常常不留情面，将话说到极致，噎得齐王狼狈不堪。

你埋怨臣僚对你不够忠心——"君若视臣如手足，臣视君自然如腹心；君若视臣如犬马，那臣视君自然只是陌路之人；要是君视臣如泥沙草芥,那就别怪臣视君如仇人了。"——你眼中的诸臣,究竟是些什么呢?

你问臣子杀他的君主合不合理——"败坏仁的人叫贼,败坏义的人叫残;残、贼这样的人叫独夫。我只听说杀了独夫纣罢了,没听说臣弑君的。"

我问你官员如果不称职该怎么办时,你不假思索地回答说罢免他,那么:"一个国家治理不好,那该怎么办?"

满头白发的孟子似笑非笑,静静地注视着齐王。

齐王的面皮一阵青一阵黄,不知什么时候额头渗出了细细的汗珠。嗫嚅片刻,他勉强挤出点笑容,扭过头去,"顾左右而言他"。

就是这个经常被孟子逼得下不了台的齐王,却在背后与大臣们商量:"我打算在临淄给孟子一所房屋,好好供养他和他的弟子,让臣民们有个学习的榜样。"

能够尽情表达思想的不仅只是孟子,在齐国境内,所有的稷下先生都能充分享受言论自由。齐威王还鼓励人们向他进谏,无论话说得多么刺耳,他都接受并给予奖赏,而且最好当面批评:"能面刺寡人之过者,受上赏;上书谏寡人者,受中赏。"即使你只是心里郁闷发发牢骚,只要能传到寡人耳里,照赏不误!

一时间,齐国大地春意明媚,百花齐放,温煦的太阳仿佛永远不会落下,不分昼夜照耀越来越庞大的稷下学宫,高高低低的檐角闪烁着炫目的金光。几乎每个人从稷门下通过时,都不自觉地仰高脖子,迈宽脚步,说话更是响亮而干脆,在门洞里嗡嗡作响,有着一种斩钉截铁的酣畅。

与此同时,遥远的西方却阴云密布,秦国的臣民们全都埋着头,默不作声地磨砺着刀枪。他们不必浪费口舌争论些什么,也不必多动脑筋去思考,因为黄土地的前方,永远只有一条路,一条简单而直接的铁血之路。

金属汁液般的黄河水,裹挟冰块,带着八百里秦川的凌厉杀气,翻滚着嘶叫着奔向齐国,奔向大海。

聚集百家的齐国输给只认法家一家的秦国,自然存在诸多客观因素,如地理条件、军制特点等等,但稷下学风与此有没有关系呢?

有个成语"一蛇二首",出处在元朝。一位大臣因为所在机构有两个同级别的领导而对忽必烈说:"一条蛇如果长了九条尾巴还能够首尾相随,可是长了两个脑袋,那就寸步难行了。"他建议忽必烈去掉其中的一位,以统一政令。

盘旋在齐王面前的,何止两个蛇头!百家之数虽说有些夸张,但在稷下纵横捭阖的学说,起码有十几乃至几十家。套用《西游记》的话，简直是谈天的、说地的、修仙的、度鬼的，无所不有。同样一件东西，你说方，我说圆，你说冷，我说热。有时好不容易看起来走到同一个方向上去了，但在路头寒暄几句，又发现彼此还是貌合神离南辕北辙。

秦楚构兵，稷下先生宋钘慨然挺身而出，想去两国游说，化干戈为玉帛。孟子自然也是反对战争的，他问宋钘拿什么去说服两个红了眼的国君，宋钘回答："我将向他们指出交战的不利之处。"孟子闻言不住摇头："先生用心诚然很好，可你的说法太危险了。即使两国因为得利而罢了兵，但如果都这样，做臣子的怀着求利的念头侍奉国君，做儿子的怀着求利的念头侍奉父亲，做弟弟的怀着求利的念头侍奉哥哥——这样一切以利益来衡量该不该做，国家怎么可能不亡呢？"

"还是要用仁义去劝说啊！"孟子轻轻拍了拍宋钘的车辕。

可以想象，面对着这么多舌绽莲花的大师时，齐王心中的迷惘。留下的诸子典籍中，齐王的形象几乎被不约而同地塑造成了一个颠顶的蠢汉，被人翻来覆去在股掌间戏弄。随便选一则吧。

"寡人很喜欢士，可我齐国怎么就找不到真正的士呢。"

"假如有这么一个人，忠君孝亲，交朋友讲信用，对乡党很温和，这样的人能称为贤士吗？"

"当然，这就是寡人要找的士！寡人非常愿意任用他。"

"假如这人大庭广众下被羞辱,却不敢上前格斗,大王还要用他吗?"

"这种懦夫?"齐王鼻孔嗤了一声,"寡人才不用他!寡人要的是勇士!"

"虽然他受欺负不挺身出来格斗,可他作为贤士的德行并未失去——大王前面说要重用他,现在又要摒弃他,这不是自相矛盾吗?再者,大王的律令是杀人者死、伤人者刑,他忍辱不与人争斗正是为了遵守您的法律;而大王提倡大家做勇士,岂不是自己破坏自己的法律吗?"

齐王无以应。

"白马并不是马""青色加上白色不是黄色""石头的硬度与颜色并不同时存在""天与地一样低、山与泽一样平""太阳刚升到正中就开始西斜、事物刚产生就走向毁灭"……

齐王的晕头转向可以理解。稷下先生们有的是这类放在今天,还很不容易解释清楚的逻辑难题。由于并未规定范围,在稷下,学者们可以自由发挥。据粗略统计,当时最流行的,有十大辩题,分别是世界本原之辩、天人之辩、人性之辩、义利之辩、名实之辩、王霸之辩、礼法之辩、古今之辩、寝兵之辩、本末之辩。仅从题目就可以看出,其实其中一大部分,与治理国家没有直接关系。但齐王同样得认真听讲。因为这些话题绕上几圈，弯弯又能回到政治：比如对人性本善还是本恶的探讨，终究会落实到究竟对待国民究竟该宽还是严上；而天人关系用得好了，也能够用神权巩固统治的合法性。

于是稷下先生的每一句话，齐王都得努力聆听。然而越听却越发糊涂，怎么有的说要严刑重法，有的却说得施行德政；有的说应该把富国强兵摆在首位，有的却说这样不行，第一中心绝对必须是仁义；有的说齐国国土已经在天下占了好大的一角，可有的却说九州之外还有九州，七国拢在一块在宇宙间也不过只是一个小小的弹丸；有的承诺只要照他说的做，三五年你就能赶上三皇五帝，可有的却讥笑三皇五帝格局太小，根本不值得效仿……

无数方言，无数腔调。一张张嘴围绕着齐王开合着，就像一只只翻飞的彩蝶，但除了嗡嗡作响，齐王什么也听不清楚，只是两眼发直，愣愣地坐着。他觉得很烦躁，想发火，想骂人，但又好像没有足够的底气。就像久旱的农田期盼一场透雨，他相信众多理论中，绝对有一套是他急需的。他从来不敢轻视稷下先生，甚至在潜意识中隐约还有些害怕。

"一怒而天下惧，安居而天下熄"——到了他的时代，已经没有哪位诸侯敢漠视客卿们隐藏在破旧布衣下的力量。

只是究竟哪朵乌云里，才有他渴望的甘霖呢？

纷纭之际，侍卫来报，宫外又来了一位新的先生。

齐王精神一振，整了整冠冕，重新端坐了，一挥大袖，有请！

齐国的最后几十年，充满了消极气氛，君臣不求有功但求无过，拖一天赚十二个时辰，这是不是一种迷失方向后无可奈何的颓唐？

那个深夜，年轻的秦王嬴政正在灯下读书。忽然，他捧着一编书简猛地起身，眼中精光闪耀，喟然长叹："哎呀，要是寡人能见到此书的作者，与他同游，便是死了也没有遗憾了！"

这位受到嬴政激赏的人，便是韩非；据《史记》记载，嬴政当时所读的，是韩非著的《孤愤》《五蠹》之篇。

韩非子认为对国家危害最大的有五类人，他将其比喻为蛀虫——"五蠹"，而排在头号的便是学者：

"其学者，则称先王之道，以籍仁义、盛容服而饰辩说，以疑当世之法，而贰人主之心。"

或许不能责怪韩非的偏激。实际上，先秦每位大师都敏锐地意识到了学说混乱的危害。孟子就极其反感"处士横议"，并拒绝了齐王给他的住宅和粮食。钱穆先生据此推测，孟子虽然多次游历齐国，但内心其实不屑与稷下先生为伍。

大师都是高傲的，他们坚信，只有自己所掌握的才是这天地间唯一真理，而所有与自己不同的学说，都是蛊惑人心的异端——在孟子眼中，稷下，简直就是天下最大的异端俱乐部。

异端最日常的相处模式，便是互相否定。

稷下学宫，虽然有的只是书简刀笔，来往的只是彬彬文人，但宽敞的屋宇下充满了凶险与杀机。一句看似平常的话语，一声意味深长的咳嗽，甚至一个暧昧的眼神，一次恭敬的长拜，在彼此眼里，都是一支当胸射来的利箭。

就像武林的生死擂台，在稷下，只要一场辩论，可能就会终结某位学者的学术生涯。而这样用言语进行的决斗，每时每刻都在进行。

名家田巴是个高手，将一套"离坚白合同异"玩得出神入化，来到稷下，一路斩将夺关，"一日服千人"，锋头十分强劲；这时，李白最欣赏的鲁仲连出场了，你来我往，三五个回合下来，田巴面如死灰，黯然离场，从此终身杜口。

"危不能安，亡不能存，怎么能算是一位合格的稷下学者呢！"看着田巴佝偻着远去的背影，鲁仲连神情冷峻，像是在自言自语。

孟子也是一位铁齿铜牙的超级辩手，几乎以一己之身，单挑全天下的学者，激烈地抨击了当时所有的主流学说，因此还被讥为"好辩"，有失一代宗师风度。对这种批评孟子感到很委屈，曾经这样为自己辩解："我只不过想端正人心，破除邪说，以继承大禹、周公、孔子三位圣人的事业——

"我难道天生就喜欢争辩吗？我是不得已啊。"

荀子离开稷下，《史记》只记下了"齐人或谗"四字，应该也与这种以论战形式开展的学术倾轧有关——对于学者而言，所谓的谗言最可能是敌对的论说。

不过，也不是所有的学者都像田巴一样甘心认输。据韩非子统计，在他的时代，连同一门派都开始了内讧：比如儒学分成八派，墨家分成三派，彼此争斗不休，都扬言自己才是孔墨真正的传人。

这场思想界的混战，始终有一位大师在冷眼旁观。但他因此而陷入绝望：

"悲夫，百家往而不返，必不合矣……道术将为天下裂。"——学术分裂，势必导致人心分裂，人心分裂导致整个社会分裂，如此一再分裂下去，很快就天下大乱、不可收拾了。

战国的学者中，庄子是很特殊的一位。他喜欢把自己藏起来，朋友不多，也没听说收了多少学生，看谁似乎都不顺眼，但很少与人正面争论，总是编一些荒诞不经的小故事来表达观点，是极其少数从未参与过稷下的大师之一，显得相当孤僻。日子更是过得清苦，有时候甚至揭不开锅。

其实庄子也有过富贵的机会。先后有好几位诸侯，曾经卑辞厚礼，遣使礼聘他出山做客卿，但都被他拒绝了，还专门为此写了故事。

一日，庄子正在垂钓。楚王派人请他做官，庄子持竿不顾，淡然道："我听说贵国有一只千年老龟的甲骨，被锦缎包裹着供奉于庙堂。请问阁下，若你是此龟，死后留骨而贵，或活着在泥水中曳尾而行，你选哪样？""自然希望活着。"庄子说："阁下请回吧！我也宁愿在泥水中曳尾而行。"

在无限分裂的迷途中，庄子选择了就地躺下。

然而，与庄子的悲观相反，很多学者却从加法中看到了减法，觉察到了另一个趋势。他们越来越真切地感受到脚下的大地在剧烈震动，就像有一双看不见的大手在暗暗挤压着，要把所有的山谷平原江河湖泊都紧紧拎合在一起。

"天下恶乎定？"

"定于一！"

很多年前，孟子就用简洁的三个字，道破了一日比一日明朗的天意。

晚年的荀子，回想自己在稷下的大半生，感慨万千。他已经清楚地看到，自己正生活在一个剧烈的变局中，前方必将迎来·个崭新的时代。还是以蛇来比喻吧。他越来越明确地知道，这条蛇若想化龙腾云，必须斩落所有多余的蛇头，以便让蛇身上的每块肌肉，都接受共同而唯一的指挥。

他更坚定了自己的使命。

"天下无贰道，圣人无两心。"作为一个以道统继承人自命的儒学掌门，他觉得有责任在人心中实施减法，为这个时代在意识形态上扫清障碍。《荀子》中有重要的一章，叫《非十二子》，对当时流行的学说逐一进行了尖锐的批判，同时也以儒家立场对诸子进行了综合整理。

"息十二子之说，如是则天下之害除，仁人之事毕，圣王之迹著矣！"

伴随着秦军挥师东进的马蹄声，稷下也在进行着一场没有战火的统一战争。

离开临淄的那个傍晚，荀子回头，最后看了一眼夕阳下的稷下，或许那时他心中曾经浮起过这样一个可怕的念头：

这座学宫存在的真正意义，该不会是为了消灭百家学说吧。

在齐国稷下达到高潮的"百家争鸣"，其实隐含着一个吊诡的矛盾：

对于一个民族而言，思想争鸣的利弊究竟应该如何计算——单纯以一时成败论，思虑精纯自然是一个国家、一个王朝存在所必须的先决条件——但将视野放宽至几千年，思想的混同、文化的压制，给整个民族带来的，到底是福还是祸？

荀子有过两个非常强悍的同道，都曾做过统一思想的努力，一位是焚书的秦始皇；另一位是"罢黜百家，独尊儒术"的汉武帝。

有人认为，汉武帝是百家争鸣最终的熔铸和裁决者，是他把儒学捧上了神坛；甚至还可以说，之后两千多年中国历史的进展，尽管经常会有些偏差，但大致的思想路线却基本没有偏离。

看起来是儒家取得了最后胜利。然而，当中国的腐朽在十九世纪暴露无遗之后，思想家龚自珍却将病根挖到了"罢黜百家"。他写道："不知古九流，存亡今孰多？或言儒先亡，此语又如何？"假如荀子复生，见了此诗，不知有何感想。

或许荀子并不会感到特别意外，对儒学的沉沦他应该早有体会。李斯入秦之前，特意前来向老师辞行，在探讨如何言说秦王的问题上，师生产生了严重分歧。李斯谈到他准备劝说秦王"以便从事"，也就是说怎么有利就怎么干，为达目的可以不择手段；荀子闻言大发脾气，责骂道，你懂什么，如此重权谋轻仁义，本末倒置，贻害无穷！

李斯唯唯诺诺，并没把荀子的教诲放在心上，依照自己既定的套路，在秦国风生水起，干出了一番轰轰烈烈的事业，甚至完成了荀子未曾达到的心愿：引导秦始皇的铁腕，将所有与己不合的学说统统投入了火中。他的际遇，与乃师形成了明显反差——荀子本人也到过秦国，还与秦昭王见过面，虽然一套仁义道德，说得秦王连连点头，却再也没有下文，客客气气招待几天后就打发走了。

从秦始皇到汉武帝，真正有效的统一思想必须借助权力完成，强权才是百家的终极裁判，一鞭一道痕，一掴一掌血；而出儒入法，则是李斯为此付出的代价。更确切说，降低身价，改变原则，适应着权力的需要，这才能获得权力的支持。

不必过多责怪李斯的堕落，其实即便荀子自己，也在自觉不自觉间一点点向权力靠拢。他已经不再如孟子那样将义利截然对立，而是认为"义与利者，人之所两有也"；至于他著名的"性恶论"，力纠万民偏邪，纯然是由上向下的施政视角；"法者，治之端也"，更不讳言重法的必要。荀子与李斯之间，已经铺就了一条不可拦截的轨道，师生俩不过是从量变到质变罢了。

李斯在秦国的成功，意味着从孔子开始，无数大师用道德牵引权力的试验失败。当权者的利益，永远与大师们的善良规划根本违背，对于任何学术，他们永远只选择自己适用的那部分——再伟岸的思想，要想进入王宫，也必须经过阉割。即便是最符合他们秉性的法家，也得放弃"上约君"的限制，将全部绳索都用于"下约民"的捆扎。商鞅就是因为不识时务，企图将法律套到未来的君主头上，结果赔上了自己的性命。

百家学说，在阶层上大致可以分为两大阵营：儒法等显学走改良上层的路线；还有一些学者站的却是民众立场。他们中有许多宝贵的民主萌芽：比如最早的民间律师邓析；墨子的"选天下之贤可立者立以为天子"；慎子的"立天子以为天下，非立天下以为天子也"；杨朱"为我"的个体解放。不幸的是，他们大多都被视作离经叛道的危险邪说，受到严厉镇压：邓析被孔子所欣赏的子产诛杀，杨朱则与墨家一起被孟子骂为"无父无君"的"禽兽之道"。

随着争鸣的大幕缓缓拉上，代言民众的学说逐渐销声匿迹，而试图改造权力的学说则被权力悄然改造，大家都成了事实上的奴才——

甚至因为统一成功，成了无处可逃的囚徒。焚书坑儒之际，遥想当年学者田子方与魏文侯太子论贫贱富贵，说贫贱者随处可换国家，不妨傲骄，恍如隔世。

熊熊烈焰中，真正的赢家，昂然披上纹饰庄严的龙袍，站到了人间顶点。

公元前 387 年，差不多在稷下学宫初设的时候，柏拉图也在古希腊的雅典城郊创建了一座学园。与稷下学宫一样，柏拉图学园也具有强烈的政治性。当时的许多城邦，在建国、立法、组建政府时遇到困难，都会前来咨询。

在学园的大门上方，柏拉图篆刻了一行大字："不懂几何者不得入内"。研读几何，其实是训练逻辑，以便为学习哲学打好基础。因为学园的宗旨，就是培养合格的国家领导人。因为柏拉图坚信，只有掌握了真理的"哲学王"，才有能力治理好他的"理想国"。

而在稷下，虽然很多学者也在做同样的努力——比如孟子，一辈子颠沛流离，便是为了实现"帝王师"的梦想。但无论如何虚怀若谷，齐王赞助稷下，最直接的动力，只是借助知识的力量，来更安全有效的统治臣民。

世界文明史上，稷下学宫与柏拉图学园经常会被并称，视为集高等教育与学术研究于一体的东西两个早期文化中心。然而，虽然看起来很像，但一个用力在上，一个用力在下。

在源头，东西方对于思想与权力的理解，就已经岔开了路。

"所举贤良，或治申、商、韩非、苏秦、张仪之言，乱国政，请皆罢。"

"诸不在六艺之科、孔子之术者，皆绝其道，勿使并进。"

坑已填平，书已重录。波涛沉寂，百川归流，从此天下井井有条。没错，秦始皇的暴政已被纠正，现在独尊的是堂皇正大的儒术了——可谁要是真的相信，他就听反了话、读死了书。

汉宣帝时重视刑法，用了很多酷吏，太子自幼研习儒学，感觉太过严酷,便建议父亲多用儒家的道德教化;宣帝听了勃然大怒,教训道:"我们汉家自有制度,历来就是王霸兼用,礼法并重,怎么可以只用德教?"

百家随你百家,汉家自有制度。

公元前200年十月,汉帝国在新落成的长乐宫举行了第一次正式朝会。在这次重要典礼上,高祖刘邦的老弟兄们,一改大半辈子的粗鲁散漫,规规矩矩排好队,有模有样地依次叩拜,没有一人敢私语喧哗。刘邦十分满意,说直到今天才算是知道了当皇帝的尊贵。论功行赏,奖励了制定这套朝廷礼仪的学者叔孙通五百斤黄金,并提拔他做了太常,从此位列九卿。

典礼结束后,叔孙通将黄金全部分给了自己的弟子,弟子们喜出望外,连连称赞老师是当世圣人。其实叔孙通本来一直是他们私底下咒骂的对象,因为在此之前,他宁愿向刘邦推荐强盗莽夫也不照顾他们。

对此叔孙通并没有生气,只是笑笑说真是一群腐儒,一点也不识时务。那时不是还打仗吗,战场上本该用粗人,派你们去顶个屁用。

《史记》中,司马迁给叔孙通下了八字评语"希世度务,与时变化"。他的确很善于揣摩帝王心机,第一次见刘邦就赢得了高分,还得了一个封号"稷嗣君",意思是稷下精神的继承者。

那天,他脱下儒家的长袍,换上了刘邦爱穿的短窄楚衣;当然,他更没有忘记摘下儒冠。

因为谁都知道,刘邦酒后有个嗜好,喜欢往读书人的帽子里撒尿。

相关史略：

老子：与孔子同时而略早，道家学派创始人。

墨子：名翟，鲁国人，或曰并孔子时，或曰在其后。创立墨家学派。

庄子：名周，宋国蒙人，与梁惠王、齐宣王同时；道家学说创始人之一，与老子并称"老庄"。

惠施：宋国人，与庄子同时；公孙龙：赵国人，活动年代约在公元前320年至公元前250年间。此二人为名家学派主要代表。

邹衍：齐国人，比孟子稍晚。阴阳五行学派代表。

韩非子：韩国贵族，死于公元前233年。先秦法家学派集大成者。

公元前288年，秦昭襄王约合齐湣王同时称帝，秦王为西帝，齐王为东帝，寻皆弃帝号。

公元前237年，秦下令驱逐六国客卿，李斯上书言客不负于秦，秦王政即取消逐客令。

公元前213年，秦始皇采纳李斯建议，下令烧六国史记及《诗》《书》、百家语，谈论《诗》《书》者弃市，借古非今者族诛。次年在咸阳坑杀诸生460人。

始皇帝

鸩，一种神秘而可怕的鸟。虽然很少有人亲眼见过，但古书言之凿凿，说它食蛇为生，是世间至毒之物，即便只是屎尿，沾上了连石头都会腐烂如泥；只要将它的羽毛在酒里轻轻划过，这杯酒就能够在瞬间终结生命。

吕不韦面前的案桌上便摆着这样一杯鸩酒。酒色碧蓝，隐隐闪着妖艳的光。酒樽旁边，是一卷新收到的诏书。摩挲着光滑的竹简，他眼神迷离。

灯光昏暗，看不清吕不韦的表情。送走宣诏的使者后，他就斥退了所有侍从姬妾，独自坐在内室，不吃不喝不言不语，已经整整两天了。

忽然，吕不韦诵读起诏书来；诏书简短，其实每个笔画他都已经烂熟于心："君何功于秦？秦封君河南，食十万户！君何亲于秦？号称仲父！"他反复读着，越来越急促，越来越大声，并不时发出一阵狂笑。

也不知过了多久,他终于停了下来,喘息着重重一拂大袖,将诏书远远扫落在地,同时一把抓起酒樽,站直身,猛地将鸩酒倾入了口中。

剧痛。吕不韦的世界顿时变得漆黑而寒冷,他隐约听到酒樽坠地的声音,遥远而空旷。他挣扎着不让自己倒下去,嘴里犹自呢喃:"君何亲于秦?号称仲父!"

虽然已经口齿不清,但吕不韦最后的声音中,明显透着自豪——

或者,还有一份隐藏得极深的悲伤。

发出这份诏书的是二十四岁的秦王嬴政。虽然嬴政已做了十二年秦王,可实际上他在三年前才开始亲政。过去的十多年,秦国真正的掌舵人其实是宰相吕不韦。自从上一代秦王,也就是嬴政的父亲去世后,他就替这对孤儿寡母当起了家。

长期执政,令吕不韦的势力盘根错节,深深扎入了秦国各个角落,仅私家奴仆就有上万之众,为其奔走的辩士门客也有三千多人。客观说,双方若真要角力,年轻的嬴政根基尚浅,并不一定占优势。这种比较不是没有根据,吕不韦一手造就的暴发户嫪毐就曾实施过针对嬴政的叛乱计划;而吕不韦的门客也早已愤慨难平,在一旁摩拳擦掌了。

但面对嬴政的步步紧逼，吕不韦始终表现得逆来顺受，别说反击，连辩解都没有一句。嬴政撤了他的相职，就乖乖缴回印绶；嬴政把他贬到河南，就默默打点行装出京；最后嬴政甩过来几句狠话，他就老老实实服了毒。

这大概可以从那个流传几千年的绯闻上找原因。连司马迁都暗示，吕不韦才是嬴政的亲生父亲；而吕不韦以生命为代价的一再退让，也合理地表现出了一位父亲对儿子的深爱和宽容。当然，更符合逻辑的是，嬴政虽然年轻，却足以让老政客吕不韦感到了重压，令他不敢萌生任何抗衡的念头。就像动物界，在比自己更凶残的天敌面前，猛兽无异于绵羊。

根据军事家尉缭的目击记录，嬴政的相貌相当另类：马鞍鼻，细长眼，鸡胸，声音像狼嚎；据此，尉缭断定，嬴政一旦得志，所有人都将被他奴役。

对于嬴政，身为仲父的吕不韦自然比尉缭更加了解。或许，嬴政在襁褓中的啼哭便已令他不寒而栗；随着嬴政的迅速发育，这种恐惧愈来愈强烈，甚至使这位一手遮天的相国毅然斩断了与嬴政母亲十多年的私情——为了抽身而出，吕不韦不惜做出了进献淫棍嫪毐的丑事。

吕不韦早就看出，这位少年绝不是自己，也不是任何人所能够驾驭的。对此吕不韦首先感到欣慰，因为这令他确信自己的事业后继有人，一统已成定局。而这前无古人的辉煌，即将在嬴政手里铸造，无论亲父还是仲父，他都应该骄傲。

然而嬴政也让吕不韦觉察到了危机。他毫不怀疑嬴政的能力，但作为一个曾经的成功商人，他深知经营与保本——也就是攻与守——需要用不同的手段。可据吕不韦多年的观察，嬴政似乎从来没有意识到这点。如果以骑士来比喻，他永远只有一个动作，那就是狠狠鞭打胯下的马匹。

吕不韦越来越担心终有一天嬴政会因战马支撑不住而猝然倒地，为此，他做过一件轰动列国的事：将自己的《吕氏春秋》，全文悬挂在都城咸阳的城门上，还在墙头摆放了满满一堆黄金。这部由他组织门客编纂的巨著，多达二十余万字，但他承诺，无论是谁，只要指出其中有一字不妥，就可以把黄金拿走。

表面看起来，这只是大秦相国炫耀文治，但吕不韦有更重要的目的。通过《吕氏春秋》，他提出了一整套治国纲领。不过这套纲领完全不同于秦国施行多年的法术，有很多汲取其他学派的内容，比如道家的无为，儒家的仁德，墨家的节俭，兵家、农家、纵横家、阴阳家也多有吸收。

因为内容驳杂，《吕氏春秋》在后世被列入杂家。不过，对此吕不韦应该不会服气。他熔铸诸子整合百家编成此书，实质上是以大秦相国的名义，对先秦学术进行权威总结，在思想领域发动统一战争。吕不韦对这部以自己姓氏冠名的作品十分看重，认为已经包括了天地万物古往今来的终极奥秘，上至国家治乱存亡，下至个人寿夭吉凶，都能从书中找到答案。

值得注意的是这正好发生在嬴政亲政的前一年。敏感的年份使吕不韦的苦心得以显露：以仲父兼相国之尊，在政权交替之际，用高悬国门的高调方式，请天下人审核通过了自己为即将诞生的大秦王朝所设计的国策。他认为这应该能对嬴政多少起些引导乃至约束的作用——毕竟，所有人都曾经见证，此书一字千金而不能改易，因此反对自己也就等于与整个天下为敌。

"天下，非一人之天下也，乃天下之天下也。"

"天下之民，穷矣苦矣……凡王也者，穷苦之救也。"

"人主有能以民为务者，则天下归之矣。"

"亡国之主，必自骄，必自智，必轻物。"

端坐城楼，听着楼下无数张嘴一字字念着自己想说给嬴政听的话，仲父吕不韦长长舒了口气，他不自觉地朝着王宫的方向望去；那座再熟悉不过的大殿今天在他眼里格外雄伟，他仿佛能看到一轮崭新的红日正在屋檐下静静地呼吸，一圈比一圈饱满，随时都会跃然升起。吕不韦莫名地想流泪，他突然发觉自己老了。

王宫高台上，少年嬴政在秋风里按剑而立，一脸冷漠。

秦国的起点很低：部族时期，因为与商朝关系密切，遭到周王室严厉打压，一度沦为养马赶车的奴隶。它的崛起也很晚：要到周平王东迁洛邑，即公元前770年，才被封为诸侯，允许其在岐山以西建国。

春秋时期，虽曾有秦穆公位列五霸，但秦始终被边缘化，甚至以蛮族视之。孔子周游列国连连碰壁，也从不考虑入关。进入战国之后，最早称雄的是魏，国土最大的是楚，家底最厚的是齐，无论哪方面看，秦都只是个二流国家。

不过，假如司马迁的记录可信，当时就有一个人，相当准确地预见了未来。

《史记》有载：战国中期，秦国有一位国君，秦献公，曾经向东周王室的太史儋咨询过国运。这位太史儋，是个相当神秘的人物，山川地理历法星象无一不精，却没有留下详细身份资料，司马迁认为他很有可能就是那位创建了道家学派的老子。他告诉秦献公：秦国将会在一百年后吞并周室，并且，在灭周的十七年后，还会出现一位无比强悍的霸主。

秦献公的眸子，骤然精光闪烁。

他继承的秦国，其实是一副烂摊子：君弱臣强，内乱频仍，屡受别国欺凌，丧失了大片国土——就在四年前，以五十万对五万，居然还被魏人追着狠揍。献公即位后，废止人殉、奖励商业、编制户籍、推广县制，从政治、经济到军事，进行了一系列改革，还将都城从雍城迁到了栎阳。

相比雍城，栎阳的位置更东，更靠近强邻魏国。以挺身站到前线的姿态，秦人向天下宣告了反守为攻的决心。

大秦帝国真正意义上的奠基者，便是秦献公。

秦献公与太史儋的对话，发生在公元前374年。因此，按照预言的算法，这位霸主，应该应在嬴政身上。

而嬴政与秦献公之间，隔着六代秦王。

没有让仲父失望，只用了短短十年，嬴政便将秦国几辈人的扩张推向终点，完美实现了太史儋的预言。

公元前230年，即吕不韦自杀后第五年，嬴政发兵攻韩，拉开了统一的大幕。

发兵的同一天，嬴政就在咸阳城郊平整出了一大块空地。他命令工匠，每攻灭一国，便去它的国都将王宫临摹了来，依照原貌仿建于此。韩国的望气宫最先被建起。很快，赵国的沙丘宫、魏国的灵台宫、楚国的章华宫、燕国的碣石宫，一座接一座出现在了渭水北岸。

公元前221年，秦军攻破临淄，俘虏齐王建，六国中仅存的齐也就此亡国。

现在，齐的琅琊宫也已经就位。六座风格迥异的王宫比邻而列，就像六个诸侯国被斩下的首级，成为嬴政向祖宗报功最壮观的祭品。

至此六国尽剪四海一家。三十八岁的嬴政，成为人间唯一的王：

"朕为始皇帝。后世以计数，二世三世至于万世，传之无穷。"

古代阴阳家认为，宇宙间所有的运动，可分为金、木、水、火、土五种形式，是为五行。它们的相生相克，能够解释世界万物的形成毁灭及其相互关系。而每一个朝代，也都会依照各自属性，选取其中一种，是为五德。

始皇为秦选择的是水。因为被他消灭的周王朝，被公认为火德。

五行理论中，每一行都对应一种颜色。遵循着水的流向，始皇为自己的帝国找到了吉祥色：黑，吞噬一切的黑。于是，秦人的衣冠、盔甲、旌旄、节旗，甚至马匹盾牌，总之一切王朝应用之物，统统换成了黑色，就连朝堂的装修风格也有别于其他国家的金碧辉煌，而是以黑为主色调。

水通常都是温柔清澈的，但黑色的水，却只能给人以凝重恐怖的感觉。始皇需要的就是这个效果，他相信既然是水德之运，就必须刚毅寡恩——阴阳家的书里不是明白写着"水主刑杀"吗？

很快，兵燹余生的百姓就绝望地发现，自己等来的不是久旱甘霖，而是寒冬冰水。始皇的法令并没有因为天下统一而宽松丝毫，反而越来越严苛。根据湖北出土的睡虎地秦简，五人共同盗窃一钱以上就要斩断左脚趾；偷人桑叶不到一钱，也要罚劳役三十天。微罪如此，若心怀不轨，更是动辄"枭首""车裂""戮其尸""籍其门""灭其宗""夷三族"。

即便能幸运地避免所有的刑罚，绝大多数秦人也只能处在半饥饿状态，因为始皇相信，绝不能让老百姓有多余的粮食，否则他们一吃饱就会偷懒。

严法之下是重役。始皇兴起的大工程尽人皆知，不必再详叙。如果清人《房县志》所载不虚，他的暴政直到两千多年后还有余波：有采药人在神农架发现一种全身长毛的野人，原来是当年不堪秦始皇劳役而逃入深山的民夫后代；每当遇见外人，毛人便会问他长城修好没有，秦始皇还在不在；如果有人捉弄一下他们，说长城没筑完，秦始皇还活着，毛人便会吓得扭头就跑。

至于那部《吕氏春秋》，早就和其他乱七八糟的书一起，被投入了熊熊烈焰。

正是这种对民力的细密组织与极度榨取，将秦国打造成了一台强大的战争机器。悲哀的是，这台机器未被设计刹车，打完仗也松弛不下来，永远只能满负荷运转下去。原来六国是敌人，现在没有六国了，所有臣民就都成了潜在的敌人。

因此这样的数字，也就不那么意外了：

据葛剑雄《中国人口史》统计：战国中期，七国人口总数接近四千五百万，到公元前221年，差不多是四千万。也就是说，从列国争雄到秦国一统，一百多年的混战，总共死了五百余万人。然而，秦朝灭亡之前，全国人口却只剩下了不到三千万，短短十多年，人口下降比战国时还多。

书同文车同轨。黑水淹没了帝国的每一寸土地。

王旗变幻，五德轮转。查遍二十五史，以黑为正色的仅有嬴秦，连同样自认为上应水德的李自成，都避开了这种狰狞的颜色而改用了蓝；因此，有关秦始皇的那几页史书永远坚硬森冷，有如铸铁，令人读来倍感压抑。

司马迁笔下，一卷《秦始皇本纪》，洋洋洒洒一万多言，竟找不出一个"笑"字；相反，"始皇怒""始皇大怒"，却频频出现，而且之后通常便会有一场大范围的杀戮。被定格在史书上的秦始皇，始终眉头紧锁神情阴鸷。

人的性格很大程度由成长经历所决定。始皇的脾气固然暴虐，但如果回顾他的成长，倒也不由使人感叹事出有因，甚至还有几分同情。父亲是派往赵国的人质，嬴政因此出生在赵都邯郸；而就在嬴政出生的前一年，秦将白起在长平活埋了四十万赵军，赵人对秦人的仇恨可想而知；但这本该属于两个国家之间的恩怨，却压到了嬴政母子的肩膀上——嬴政两三岁时，他的父亲便与吕不韦一起，抛下家属逃归了咸阳。孤儿寡母滞留敌国，欺凌、歧视、虐待、报复，都是意料中的，甚至随时可能被处死；学过医的郭沫若便认为，秦始皇的所谓鸡胸与豺狼声，其实是软骨病和哮喘的病象，而这往往都是幼儿时得不到必要的营养和健康保障所致。这种猜测假如成立，更能印证他在赵国所受到的险恶待遇。

就是在这样的环境下，嬴政度过了自己的童年，直到八岁才第一次回到自己的祖国。不必说，这个人间给嬴政留下的最初印象只能是深入骨髓的敌意。

公元前229年，赵国灭亡时，嬴政亲自驾临邯郸，将小时候得罪过他们母子的人全部活埋。

归秦后作为王孙，地位自是有了霄壤之别，但随着嬴政的逐渐懂事，世界另外的阴暗面也一一暴露出来。父亲由于久别，已经成了陌生人；即便是这疏远的亲情，也不过只维持了五年，便撒手而去；之后母亲几乎变成了一个荡妇，与仲父旧情绵绵，后来加入腰下本钱惊人的嫪毐,在列国间传得沸沸扬扬,谈论秦国太后夸张的床事,是酒桌上最令人兴奋的话题。奸夫嫪毐的门客更是在大庭广众宣称,他们的老大已经做了秦王的假父;而吕不韦的人也不示弱,说假父算什么,相国才千真万确是嬴政的亲父。无法想象当这些话传到嬴政耳中时,这位刚开始长喉结的男孩的心情。

更令嬴政无法忍受的是,连虎狼都不食子,可这位偷情的太后、亲生母亲,竟然与嫪毐串通起来谋害自己,想把王位转移给他们见不得天日的私生子!而在此之前,自己嫡亲的弟弟长安君也带领叛军做过这方面的努力。

尽管这些阴谋都被顺利粉碎了,长安君自杀,嫪毐被车裂,他与母亲生的两个孩子(事实上的异父弟)也被装在布袋里活活摔死,最后连仲父都喝下了毒酒,但在这一连串的胜利中,嬴政消耗完了残存的一点点温情。他把母亲赶出咸阳,迁到离宫囚禁起来,并下令谁敢在此事劝谏,杀无赦。

看着放逐母亲的车队缓缓地从城门下穿出,嬴政的脸上没有任何表情;他知道,只要能熬过这一刻,自己就再也不会为任何人、任何事而心痛。他仿佛能听到某种东西在胸中碎裂,但同时却有一种前所未有的轻松。假如他曾经为谣言中自己与吕不韦的尴尬关系而惶恐,如今也已豁然开朗:即便那是事实,自己的诞生也不过是一桩交易中的一环,买卖双方早就银钱两讫,谁也不欠谁什么;现在,他终于伐毛洗髓,长成了一个合格而纯粹的秦国君主。

的确,对于秦国的国君而言,这样残酷的磨炼是必须的,秦本来就是天底下最绝情的国度。贾谊在《治安策》中写道,在商鞅的训导下,秦人早就学会了"遗礼义、弃仁恩",两代人早早分家形成风俗,儿子把农具借给父亲,居然会摆出施舍的态度,母亲拿儿子家的簸箕扫帚用一下,竟可能遭受谩骂。韩非子更是明言,贪财怕死、趋利避害值得提倡,因为这样的人容易管理;互相检举、互相告密更是应该奖励,说明他们将法律看得比感情重。总而言之,一个理想的法家社会,道德发挥的作用是有限的;任何一个人,只要有了道德判断,多少都会妨碍他的服从。

这种与国情的契合愈发放大了嬴政的冷酷。既然没有感情,也就没有约束,为达目的可以使用任何卑鄙手段。统一过程中,配合着军队的进攻,嬴政也向六国派出了间谍,怀中藏着黄金和匕首;对任何有可能威胁秦国的人,能收买的收买,不能收买的便将匕首插入他们的胸膛。

只要有军队,有黄金,有匕首,嬴政再不需要其他。

正如一个大臣所言:"陛下有海内,而子弟为匹夫。"史家津津乐道的废封建立郡县,最直接的动力或许便是始皇对亲情的淡漠,这使他轻易跨过了血缘的羁绊:除了自己,任何人,包括兄弟子女，都不得拥有对土地臣民的特权——极端的私成就了事实的公。

骨肉亲情如此，男女之情更是不值一提。

大秦，是一个没有皇后身影的孤独王朝——起码所有的史书都没有留下任何一个始皇后宫中女子的姓名，即使是二世胡亥的母亲。

写到胡亥顺便提几句。这小子没学到乃父治国之术的皮毛，残忍倒是遗传了十足十，一登基就将二十几位兄弟姐妹悉数杀了，连罪名都懒得捏造一个。要说大哥们还可能夺他皇位，可姐妹又能把他怎么样呢——

更令人发指的是，连死都不给她们痛快，竟然用上了大卸八块的磔刑。

除了绝情，秦人还有一个特点，只是平时被铁腕所遮盖，不易为人所察觉。但只要仔细查找，还是能寻到些许蛛丝马迹。

还是那个尉缭，第一次见嬴政便举了三个例子：智伯、夫差、齐湣王。这三人全是叱咤一时的雄主，但都在事业极盛之时，顷刻间土崩瓦解身死国灭；而给予他们致命一击的，全是平日慑服于脚下的弱小对手。他提醒嬴政时刻不能自恃强大而放松警惕："臣但恐诸侯合纵，翕而出不意。"嬴政闻言悚然，立即将尉缭奉为上宾，用与自己同规格的饮食衣服来招待他，见面之时还行平等之礼。

恐惧。看似强悍的秦人内心深处,其实始终有着对六国挥之不去的恐惧,总是担心整个东方联起手来对付自己。苏秦曾经算过一笔账:别看秦国气势汹汹,但要是六国加起来,国土是秦国的五倍,兵力则是秦国的十倍,怕它作甚?

冷静如嬴政,天下一统所带来的兴奋不会持续多久。如果说秦王政的目标是一国接一国的攻城略地,那么始皇帝的任务更加艰巨:根据苏秦的算法,他六分之五的国土和十分之九的臣民都属于从前的敌人;在吞并他们之前,那不过是一盘盘自相残杀的散沙,但现在,自己把他们打成了一整块铁板,彼此间的恩怨都在血泊中烟消云散,天底下所有种姓的亡国之恨都指向了咸阳;而每位秦王都不会忘记,这种同仇敌忾会有多大的威力——在六国齐心合纵期间,"秦兵不敢窥函谷关十五年"。

虽然天下兵器都已被收到咸阳,铸成了十二个金人,但关东,也就是六国故地随时可能爆发的反噬,还是如跗骨之蛆般纠结了嬴政一生,使他的神经永远处在极度紧张的状态——应该说,这种紧张的确也有必要:1971年,河南新郑韩国都城遗址发掘出一个大型武器坑,从铭文得知它们埋藏于公元前231年,也就是秦灭韩的前一年;可以肯定,昔日六国境内,这类寄托着复国仇恨的秘密军械库还有很多。据《史记》记载,始皇不信任任何人,专权独断,天下事无论大小都亲自裁决,甚至将每天处理的奏章称重,不达到规定重量就不休息。有学者曾经考证过,他一天批阅的文件,字数不少于三十万字。这样高强度的工作量,几千年来在帝王中首屈一指,连以勤政著称的朱元璋、雍正都相形见绌。

始皇最著名的消遣是巡游。但始皇兴师动众并不只是为了娱乐:他一生共进行了五次远程的盛大出巡,有四次都是在东方;这完全能够理解为始皇到新国土上的武力炫耀和亲自镇压。

巡游之外,除了求仙和大手笔的营造,始皇有据可考的具体爱好其实并不太多,而听筑就是其中一项。为此,他还极其罕见地赦免了荆轲同党高渐离的死罪,熏瞎双眼后,让他继续为自己演奏,以至于差点被他行刺成功。在音乐审美方面,始皇与荆轲这对冤家倒是同调。

筑是一种发源于楚地的古老乐器,音调悲亢而激越,充满了肃杀之气。可以想象,始皇听高渐离击筑时,应该是腰身笔直,满面冰霜。

筑声铮铮,咸阳上空乌云翻滚雷电隐隐,天地之间所有的生灵都屏住了呼吸。

公元前219年,始皇首次东巡,登泰山封禅后继续巡游;就在这个夏天,他生平第一次看到了大海。而这一年,始皇已经四十一岁了。

海洋的浩渺，无疑给了这位此前一直生活于内地的中年人无法形容的震撼。据《史记》记载，在琅琊台上，始皇竟然"大乐之"！这三个字用在别人身上稀松寻常，但对于始皇，已是石破天惊的大失态——他类似的正面情绪，整卷《秦始皇本纪》另外只出现过一次，那还是被大臣们引经据典的高级马屁拍得晕乎乎后一个依然保持矜持的"悦"字。

难得的"大乐"，揭示出面对大海，始皇长期的焦虑心情暂时得到了松弛。是的，海岸意味着大地已到边缘，也就是说，始皇的征战，也应该抵达了最后的终点，能够画上一个圆满的句号了。

腥风猎猎，高台上始皇心潮起伏。他知道，现在，自己已经站在了人间的尽头，他的国度将以海为界。这真正是前无古人，即便三皇五帝，在他面前也得低头。他的心中洋溢起了无限的骄傲，同时也第一次感觉到了难以支撑的疲倦。或许也有那么一刹那，他会感慨在如此海天之下，作为一个人类实在是渺小可怜，会觉得所谓的功业不过是海面上小小的泡沫，自己前半生的努力其实很无聊。这样想着，几乎就要躺倒在闪着银光的沙滩上，摊开手脚，昏头昏脑地睡上三天三夜。但海鸥尖厉的鸣叫，马上将他拉回到了现实当中。

看着海浪重重地拍打着脚下的礁石，始皇重又握紧了手中的剑柄。他眯缝起双眼，冷冷地往海洋深处眺望。

从这一年起，始皇开始命人访仙求药，长生不死的梦想伴随着他度过了一生中最后十年。

秦皇汉武，并称为中国历史上最痴迷于求仙的皇帝，但两者心态却大不相同：汉武是真正的五体投地，而始皇与鬼神之间的关系，则要复杂许多。

如果冥冥之中真有天意，那么在嬴政看来，老天好像从来都没怎么眷顾他，反而也像赵国人那样，连续向他传达不友好的态度。

也许是巧合，在几个嬴政一生中关键的年份，大都发生了异常气候：

平定亲弟长安君叛乱那年，暴雨成灾，黄河泛滥，成千上万的河鱼发疯似的跳上河滩。

放逐母亲那年，不祥的彗星频频出现，最长一次竟在北斗附近徘徊了八十天。

逼死吕不韦那年，天下大旱，足足六个月滴雨不落。

攻取六国时，几乎每下一国都会出现灾荒，动辄"民大饥"，灭韩那一年还发生了地震。

不知道这些不识趣的异象会不会让始皇不安，尤其是统一之后，从天而降的昭示愈发直白，不容他不谨慎面对。

泰山封禅，千挑万选的黄道吉日，上山时还是天朗气清，转眼间便狂风暴雨,将个旷世盛典浇得狼狈不堪。

方士海外归来,仙药没求到,却带回了冰冷的预言:"亡秦者胡也。"

凶兆连踵而至,天上掉下块陨石,上面刻着他们能看懂的篆书:"始皇帝死而地分。"派出公干的使者在路上被人拦住,递上一块玉璧,说了一句"今年祖龙死"便诡异地消失了。

始皇的反应值得玩味。一方面,他不惜成本派出大量方士求神访仙,另一方面,他又毫不犹豫地对与他为敌的神祇展开反击。比如在湘江,由于遇风船开不动,有人说是湘山之神湘君在捣鬼,他竟会派出三千刑徒,把湘山上的树砍个精光,结结实实给湘君施了个髡刑。

传说中,秦始皇拥有一根赶山鞭,能够驱山填海,这说明他在民间印象中是个不太服老天安排的犟人;挖断金陵王脉,便是这个传说的实际操作。

在五德方面的选择,也充分体现了始皇的斗争性。五德有相生相克两种算法,经两汉几次修订,后世王朝采用的基本全是相生原则,与秦同取相克的只有元明清;但那三朝互为异族,与共属华夏的以秦代周有着本质区别。

对于天命,顺水推舟的相生,比你死我活的相克,绝对更多一些恭顺和敬畏。

求仙求仙，如果真有可能，始皇定会将神仙从云头拽下，捆将起来，拷问长生的奥秘。

"今年祖龙死。"

玉璧在手中翻来覆去。没错，的确是当年祭祀江神，自己亲眼看着沉入江中的那块。始皇感到有股寒意从脚底升起，不由得微微颤抖起来。他扫了一眼匍匐在脚边的大臣，很快恢复了常态。

"山鬼，"始皇沉吟着，声音干涩而微弱，像是自言自语，"不过能知道一年发生的事罢了。"他抬起头来，目光恍惚。现在已是深秋，只要能平安过完余下的几个月，便能逃脱这个诅咒了吧。

但始皇突然怒容满面，狠狠地盯着灰蒙蒙的天空。

次年七月，始皇病逝于巡游途中，终年五十岁。这支失去主人的庞大车队，携带着强烈的海洋腥气回到了黄土高原——为了掩盖尸臭，李斯和赵高在始皇的车中装了一石鲍鱼。

临死前几个月，始皇还梦见自己与海神撕扭在一起，打得天昏地暗。醒来后，他用连弩亲手射杀了一条巨大的海鱼。术士们说，那就是梦中的恶神。

始皇用一生实践了韩非的名言："上下一日百战。"直到生命最后一刻，他也没有消融对这个世界的敌意，从赵人到六国到天地鬼神，一个都不宽恕。

他甚至将这种敌意带入了地下：从已发掘的秦始皇陵兵马俑坑来看，它们排成的整齐军阵一律面朝东方。

所有的陶俑持戈握弩全副武装，好像随时等待出征的号令。

相关史略：

公元前221年，秦统一中国，战国时代终结。废封建，拆除六国旧有的城郭关卡，掘通壅河自利的堤防，分全国为三十六郡；之后随边地开拓及行政区域调整，终秦一代，前后大致共置四十八郡。

公元前220年，全国遍筑驰道。

公元前219年，始皇遣徐福及童男女数千人入海求不死药，徐福一去不返。

公元前218年，始皇东巡至博浪沙，故韩国公族张良令力士操一百二十斤大铁锥狙击，误中副车。

公元前212年，始皇于骊山下大规模营建朝宫，先作前殿阿房："东西五百步，南北五十丈，上可以坐万人，下可以建五丈旗。"

公元前210年，始皇崩于沙丘平台。随行宦官赵高胁迫李斯更改遗诏，杀始皇长子扶苏，囚大将蒙恬，立胡亥为二世皇帝；赵高因此窃夺权柄，继而设计诛杀李斯，指鹿为马，玩弄胡亥于掌上。

公元前209年，戍卒陈胜吴广诈称公子扶苏、楚将项燕，于大泽乡起义反秦。

公元前207年，赵高逼二世胡亥自杀，去帝号，立子婴为秦王；子婴设计杀赵高，灭其族；子婴为王四十六天，刘邦军至霸上，子婴肉袒出降，秦亡。

楚　歌

"一伙人马进了村，领头的扛着几杆旗挺胸凹肚，旗上面画得一塌糊涂：有白圈圈套只兔，有红圈圈套只黑老乌，还有公鸡学跳舞、毒蛇缠葫芦；旗后是红刷的叉，银鎏的斧，连甜瓜苦瓜也拿金漆镀；马镫挂在枪上，鹅毛却用扇铺……"

这是元代曲家睢景臣笔下，一位沛县乡民眼中所见的一副仪仗。当仪仗拥簇的主角施施然下车后，他偷眼一觑，却禁不住气炸了肚皮：我道是哪个大人物，不料却是那好吃懒做、欠俺一屁股烂债的无赖刘三回来了！

刘三便是刘三，"白甚么改了姓、更了名，唤作汉高祖"？

诙谐的元曲背后是真实的历史。公元前 195 年年初，汉高祖刘邦回到故乡沛县，并逗留了十几天，与乡老故交饮酒叙旧。

这次回乡，是刘邦在平定淮南王英布叛乱后，返京时顺道经过的。平叛的主战场他十分熟悉，因为就在那一带，六年多前他取得过一次决定性的辉煌胜利，应该算是汉家的福地。

但英布的军队一出现，刘邦就变得脸色铁青，后背全是冷汗。那一瞬间，他产生了错觉，恍惚觉得有个巨大的黑影从天而降，如泰山般砸向了自己的头顶。

英布原本是楚军悍将，行军布阵一如项羽。

并且，刘邦与英布交战的地方，距离垓下只有几十公里。

时间倒退六年。

公元前202年那个阴霾的冬天，以垓下为中心，方圆不过一百来个公里的区域内，至少聚集了六十多万名战士，他们被分为两大阵营殊死搏杀。据估算，当时全国人口总共只有两千来万，也就是说，算上老弱妇孺，每三十人中就有一人手执兵刃出现在了这里。

在中国历史上，垓下大战具有某种节点性的意义。交战双方，无论刘邦，还是项羽，或许都不会意识到，他们的决战，会终结一个最漫长的战争时代。远的不说，仅从周平王东迁开始，先春秋后战国，中国始终处在此起彼伏的厮杀中，从全局来看，几乎没有一年不起战火；好不容易天下一统，秦始皇的暴政，又使放马南山的梦想落了空；但垓下之后，中国历史上再也没有出现如此持久的战乱，即使是南北朝对峙。

历史的诡异之处在于，宝贵的和平，并非由英雄缔造。甚至可以反过来说，正是一位在后世拥有无数崇拜者的英雄倒下，才按下了战场的暂停键。就像豺狼撕咬雄狮之地，垓下，事实上成了人间最悲壮的末路。

因为垓下，"西楚"二字被抹上了夕阳的色彩，而舞台上的霸王，更是眼角描黑沉沉下坠，永远带了哭相。

但谁说垓下就是绝境？谁说项羽麾下十万男儿必定敌不过刘邦的五十万大军？有谁能忘记，就在短短三年前，彭城大战中，项羽千里奔袭，仅用三万骑兵便将刘邦五十六万人打得丢盔卸甲！连刘邦本人都险些被生擒了，仓皇孤车逃命，路上连亲生儿女的死活都顾不得，接连三次推下车去。就在垓下附近的濉水岸边，楚军一口气斩杀了十万汉军，溺亡者更是不计其数，尸体将河流都堵塞了。

就算是一张哭丧脸谱，古往今来，也没有第二个人配用：虽然如今形势发生了根本逆转，楚军陷入了重围，但项羽依然可怕。被卷在核心，还是所向披靡，马蹄到处血肉横飞，连韩信亲自指挥的精锐部队，都一度被打得节节后退。根本没有谁有胆量正面迎战，可怜数十万汉军只能拼死堆叠成厚厚的人墙，缩在盾牌后面，追着赶着，又躲着避着，遥遥地裹着他一道翻滚腾挪。

然而，黄昏时分，战场上却曼声唱起了楚歌，来自故乡的谣曲如潮水般向楚军大营浸漫过来。悠长而凄凉，婉转而哀伤，有人听出老母倚门，有人听出新妇夜泣，有人听出孤儿饥啼……无数条音符化成的黑蛇，悄然钻入楚军战士的铠甲底下，将毒液精准地注入了他们掩饰得最深的伤口。

长剑铿然坠地，压垮骆驼的稻草终于出现了。楚军，包括项羽本人，命运已经注定。这一曲楚歌，即将为持续五百多年的战争画上句号。

"大楚兴、陈胜王！"

拉开反秦大幕的，同样是一曲楚歌，甚至在同一个位置：七年前，差不多就在项羽倒下的地方，楚人发出了第一声反抗的呐喊——垓下与陈胜起义的大泽乡同属今安徽宿州。

楚人的声音，居然贯穿了从秦到汉、两大王朝的替代历史。

这应该不仅仅是巧合。因为楚人是天底下最不容易驯服的族群，最喜欢挑战强权和正统。这些将火神祝融奉为始祖的人，自从登上历史舞台的第一天起，便显示出了一种燎原野火般的桀骜与不羁。

"今诸侯皆为叛相侵，或相杀。"公元前八世纪末，楚部落首领熊通面向北方，黝黑的脸上鄙夷不加掩饰。"我有敝甲，欲以观中国之政。"既然你们搞得乱七八糟，我这里倒也有几副旧铠甲，换我们上场试试看如何？最起码，凭实力，你周王也得给我一个合适的封号吧。

居然不答应？无妨，"王不加我，我自尊耳"。不就是个王吗？我也给自己封一个，反正你我各自修行，没必要事事都听你的规矩："我蛮夷也，不与中国之号谥！"想起先祖多年前的壮语，熊通更是血气上涌。于是，这一刻起，天地间多了一位愤怒的"楚武王"——整个春秋，楚是唯一称王的诸侯。

自说自话，在南方做了一百来年草头王，楚人又不满意了，居然将大部队开到周都洛邑门口，在周王眼皮底下搞起了军事演习；吓得周人屁滚尿流，忙不迭地杀牛宰羊，前去慰劳楚师。

"听说你们那里有几尊从前禹王铸的鼎，"楚庄王把玩着酒爵，斜乜周王派来的使臣，似乎是漫不经心地问了一句，"你知道它们有多重吗？"

使臣的额头顿时冒出汗来。那九鼎可是天子政权的象征，这些蛮夷不知天高地厚，居然敢问鼎中原。好在他有点急智，临时凑了一段天命在周的大道理搪塞。

罢了罢了，你们留着那堆烂铜继续当宝贝供着吧，"我们楚国在戈矛上随便折一点尖头，就足以铸出九鼎来了！"楚庄王呵呵大笑。

"不服周"，从来就是楚人最根本的基因，直到今天两湖地区很多人还将此语挂在嘴边，标榜不畏权威，不受管束。楚人的很多习俗与中原迥异，甚至截然相反。比如最基本的方向尊卑，中原诸国基本都尚右，即以右为贵；而独有楚人偏偏尚左，把右压在底下。左右一颠倒，等于扭转身躯，针锋相对地抗衡中原。

在文化上，楚人也自有主见，不肯轻易盲从。孔子周游列国，虽然到处碰壁，有时还被调侃为丧家之犬，但一部《论语》翻下来，他还是在楚地时心情最为惆怅。一路上连接遇到长沮、桀溺、荷蓧丈人、接舆等隐士的冷嘲热讽，几乎是被人一路教训着进的楚都。

中国文化两大源头之一的道家，创始人老子，据司马迁说便是楚人。

倔强与高傲，背后也有强大的国力在支撑。楚在春秋战国都属于第一等强国，国土最广时几乎占了当时全中国的一半——某种意义上，楚以一国代表了整条长江，与黄河流域的中原诸国竞争。秦始皇统一天下，头号劲敌就是楚，首次出师二十万，竟被打得落花流水，之后不得不倾国之力，押上压箱底的六十万雄师，相持一年多才打败项羽的祖父、名将项燕，攻入了楚都。

但即便被灭了国，楚人还是不服输。不知什么时候起，楚国故地开始悄悄流传一句预言，或者说，是一句咬牙切齿的诅咒：

"楚虽三户，亡秦必楚！"

如果真的有宿命，无疑，项羽就是背负着这句诅咒降临人世的。

那次巡游会稽，不知秦始皇坐在车内，是否会感到有股刻骨的寒意，穿透重重帘幔向自己袭来。他会为之莫名地惊悸吗，因为就在车轮扬起的滚滚尘土中，有位楚国少年，用一句豪言，悄然向他庞大的帝国发起了挑衅。

也许，几年前他也曾有过类似的感受。那也是一次出巡，有位叫刘邦的亭长，在瞻仰了始皇帝车驾的恢宏气派后，情不自禁说了一句大话："大丈夫当如此也！"

不过，仔细分辨，这两句话其实不尽相同："大丈夫当如此也"，只是一种仰望姿态的艳羡；而来自那位叫项羽的楚人的，却是一盆兜头浇下的冰水：

"彼可取而代也！"

语气中分明透着不屑。项羽眼中，竟连秦始皇这位千古一帝也不过如此。

偌大人间，可有哪一位，当得起项羽平视一眼呢？

"项籍少时，学书不成，去；学剑，又不成。项梁怒之。籍曰：'书足以记名姓而已。剑一人敌，不足学，学万人敌。'"——是啊，天下原本无一人架得住我随手一剑，还是千人万人并肩齐上试试看吧。

"于是项梁乃教籍兵法,籍大喜,略知其意,又不肯竟学。"——够了,够了,世间有谁,值得我施展全力呢,学得再多也是屠龙之术,白白糟蹋一番功夫。

的确够了。巨鹿之围,面对三四十万耀武扬威的虎狼秦军,十多路诸侯援军无一敢挺身出战。坐以待毙之际,东南方向突然响起了雷鸣般的马蹄声,地平线上飞沙走石,一寸一寸浮起一支烈焰似的军队。

这是一支只有五万人的军队,每个战士红盔红甲,身边仅带着只够三天的粮饷。他们已经不能回头:营房已被焚毁,锅灶已被砸碎,乘坐的船只也已被凿穿,沉入了江底。而做出这全部决定的,就是他们的新统帅,项羽。此刻,他正一马当先,冲在队伍的最前方。

破釜沉舟。败亡十五年后,当着天下诸侯的面,项燕的孙子,项羽,以这种自断后路的决绝方式,向大秦帝国发起了凌厉的复仇:

"楚战士无不一以当十,楚兵呼声动天,诸侯军无不人人惴恐。于是已破秦军,项羽召见诸侯将,入辕门,无不膝行而前,莫敢仰视。"

短短一年后,这团火焰就烧到了秦都咸阳:"项羽引兵西屠咸阳,杀秦降王子婴,烧秦宫室,火三月不灭。"

火光熊熊，空气中弥漫着焦臭的味道。站在"楚"字大纛下，项羽抬起头，冷冷地对着猩红的天空。

这一年，他二十五岁。

垓下的血腥散去，一切都尘埃落定之后，刘邦君臣曾经探讨过汉楚成败的原因。有人认为项羽的失败，主要是因为其"妒贤嫉能，有功者害之，贤者疑之，战胜而不予人功，得地而不予人利，此所以失天下也"。而刘邦则认为项羽关键在于不能用人，自己能驾驭张良萧何韩信三杰，项羽则"有一范增而不能用，此其所以为我擒也"。

假使项羽地下有知，或许会连连冷笑，笑庸人岂能懂得男儿胸怀，居然发出这等谬论。说什么妒贤嫉能，有谁够分量能让自己嫉妒呢？"战胜而不予人功，得地而不予人利"，大局全在自家掌控之中，众人不过跟在后面跑一身汗，果真受得起犒赏吗？打个江山本霸王一人就已绰绰有余，何劳什么范增范减指手画脚！倒是那个司马迁有句评论说到了点上，"奋其私智"，好不痛快！我项羽原本就要以一己"私智"与天下人好好较量一番，手中霸王戟，胯下乌骓马，足矣！

站在项羽的角度，他确实有理由将所有的对手视作乌合之众。汉初诸名臣，除张良出自卿相世家外，其余绝大多数出身微贱；萧何、曹参是地方小吏；陈平、陆贾、王陵、夏侯婴是平头百姓；樊哙屠狗，灌婴贩布，娄敬卖苦力，郦食其看城门，周勃则是丧礼上的吹鼓手；至于最后给予项羽致命一击的韩信，更是个贫困潦倒、大庭广众下钻过裤裆的流浪汉。

以如此班底为根基的刘邦集团，在楚国贵胄项羽心中的地位可想而知——这种居高临下的轻视也可以用来解释鸿门宴上为何放过刘邦。何况，门第低贱倒也罢了，即便在普通人中，沛公的种种劣行，也属于下三烂。历代开国之君，论素质之低下，言辞之露骨，动作之放荡，简直无人能出刘邦之上。贪酒，好色，不学无术，整日将"乃公"（你老子我）挂在嘴边，张口便骂挥手便打——《史记》中刘邦最常见的行为就是"骂"——甚至还当众扯下儒生的帽子撒尿。这种流氓习气当了皇帝后也没多大改变：有次御史大夫周昌进宫汇报工作，看见刘邦正抱着女人亲热，臊得转身就走；刘邦倒是毫无忸怩，上前拉住，一把按倒在地，顺势撒腿骑坐在他身上，还扬扬得意地问他我这个皇帝当得好不好。

贵族之所以称为贵族，根本在于为其提供教养的家族。然而，正如在烂污地里走路，穿鞋的赶不上光脚的，家族，抑或说邦国，很多时候反而会成为贵族的沉重负担。因为这种地域性的感情，往往会使整个天下趋于离心。打入咸阳之后的项羽就陷入了这个怪圈，种种举措无一例外表现着彷徨，几乎完全迷失了方向。

项羽的这种迷茫，在他给自己的封号上显露无遗。

"西楚霸王"，名号虽然威猛，但假如将其拆开解读，其实充满了矛盾：

楚国故地大致可以分为三块：两湖为南楚；江东，即原来的吴越地区为东楚；江淮为西楚。项羽将自己的都城建在家乡附近的彭城，因此属于"西楚"。"霸"，则依照了春秋传统，意为发号施令的霸主。至于"王"，彰显的是诸侯身份。

明明自认为"王"，却要行"帝"的权威；既要执天下之牛耳，却又只肯立足于一隅之楚。"富贵不归故乡，如衣锦夜行。"事后看来，很大程度可以说，正是来自故国的纠结，局限了项羽的眼光，最终导致了他的覆灭——

实际上，他在灭秦之后的大封诸侯，将好不容易聚在一起的天下重新割裂为十八块时，就已经严重违背了历史潮流。

的确，谁也不知道推翻秦始皇之后的世界将是什么样子，但就像江河浩荡，项羽至少应该明白，就算不甘心顺水推舟，也没必要偏得逆水行舟。

纵然他能拔山扛鼎，也做不到让百川倒流。有些故乡，是注定回不去的。刘邦便将自己的都城定在了远离故乡的长安。

作为一个乡村无产者，相比项羽，刘邦最大的优势就是不存在太多家国羁绊,甚至摆脱了很多道德和情感的束缚,根本没有什么必须遵守的规矩。虽然看起来,很多时候,作为一方领袖,他甚至还不如项羽的刚愎自用:刘邦遇事常常没有主意,"为之奈何",也就是"怎么办呢",是他说得最多的一句话。

不过事后看来,成就刘邦功业的,恰恰正是这句"为之奈何":

如果将争夺天下比喻成考试,项羽抽到问答题,他抽到的却是选择题,并且大大方方承认自己做不出,将卷纸贴出来寻求帮助。项羽的答案固定而唯一,不容随意发挥,而他却只需对反馈的建议进行选择,任何选项都可以尝试——刘邦的幸运在于,他做出的每个重要决定,往往都能歪打正着。

幸运的背后实际上是历史大势。刘邦并不是孤军作战,背后始终有无数来自泥泞的推手。作为平民的代表,这股从战国开始崛起的新兴力量,正源源不断地灌注到他的体内,越来越强劲地抗衡着项羽的猛烈冲击。

卒子已经过河。用符合各自身份的战术,贵族与平民开始了短兵相接。

正如乌骓马的传奇,项羽作战,以骑兵为主力。而刘邦方面,大部分部队却是步兵。以骑兵对步兵,前者无疑大占优势。故而楚汉争战前期,项羽攻无不克,战无不胜,多次击溃了数倍甚至数十倍于己的敌军。

然而，很快项羽就发现，自己面对的简直就是一条癞皮狗——民间传说狗属土命，伤得再重，只要趴到泥地里，便能很快痊愈。无论自己怎么痛打，刘邦怎么也死不透，转眼间又会龇牙咧嘴扑上来，而且每一回重生，咬得还会更凶。

就在刘邦倒下爬起，再倒下再爬起的重复中，项羽渐渐感觉到了被动。尤其是在韩信占领了大半个北方，彭越的势力范围扩展到中原腹地，双方形成僵持之后，他明显开始烦躁起来，还派人向对面战壕的刘邦喊话，说何必因为我们两人连累整个天下，你我干脆单挑，决一雌雄！

刘邦大笑，说我宁可斗智，干吗和你蛮打。

项羽恼怒，刚好刘邦的老父亲被他抓了，便架起一口大锅，将刘太公扒光了高高吊在上面，威胁说假如刘邦不投降，便活活将他老子煮熟了吃。刘邦远远看着，却还是笑嘻嘻的，说你我当年也算结拜过，我爹也算是你爹。既然你要煮吃你的老爹，那也分我一杯羹吧！

虽然暴跳如雷，但项羽只能放过刘太公。他毕竟得顾及宗族的颜面，不可能真的像刘邦那样百无禁忌。有所不为，正是英雄，抑或说武士的骄傲所在，不仅属于项羽个人。事实上，项羽的叔父项伯，因为张良救过他，便在鸿门宴上死命护住刘邦，同样也彰显了项家高贵的武士精神。

然而，这已经不再是英雄的时代——

战争的天平继续向刘邦一方倾斜。"十面埋伏"，韩信甚至将步兵列成军阵，悄然形成了对项羽骑兵的包围。而所有的阵法都必须遵守一条共同原则：

每一名战士都必须严格听指挥，绝对不允许逞个人英雄主义。

清代史家赵翼，谈及这一段历史时，不由得大为感慨："人情犹狃于故见，而天意已另换新局。"

天意已另换新局。

咸阳火起之日，也就是项羽历史使命完成之时。当年秦始皇的统一事业，其实尚未圆满；如今，他把七雄中仅存的最后一国，秦，也击成了碎片。

而项羽，最后的战国贵族，同样将在这场火中同归于尽，他应该退场了。

"哎呀——"重重一跺脚，檀板轻敲，冰山开始格格开裂，虎目渐渐泛起晶莹，"依孤看来，今日是你我分别之期了——"

音调低沉苍凉。一刹那间，楚歌戛然而止，垓下万籁俱寂；沙场上空，悠悠飘起了雪花。

热血溅上铁甲。纤弱的身躯缓缓后仰，凝视着项羽，虞姬苦苦一笑。

泪水滚滚而下，霸王的油彩一点一点被冲刷洗去；最终出现在虞姬眼前的，是一张苍白、年轻的脸，悲愤，惶恐，孤独，甚至还有些稚气。

今年他才只有三十岁，还是大孩子呢，虞姬忽然感到一阵怜惜，不禁想替他拭去眼泪，但她已经再也无法抬起手来。

"力拔山兮气盖世，时不利兮骓不逝。骓不逝兮可奈何，虞兮虞兮奈若何！"

血脉偾张，而又柔肠寸断。一阕《垓下歌》，为项羽的末路英雄形象涂上了最后一笔浓墨。日本学者吉川幸次郎曾评论过这首诗，他说项羽唱出了"把人类看作是无常天意支配下的不安定存在"。

他已经触摸到了项羽——甚至所有楚人——心灵的最深处：楚人强悍的外表下，其实藏有一种无可比拟的自卑，从祖先开始，这种自卑就已经深深扎根。

为何"不与中国之号谥"？

只因"我蛮夷也"！

没错，你们中原诸族都是华夏贵胄，我们却是被放逐到洪荒的野蛮人。

列国之中，楚的起点最低。"公侯伯子男"，别国君主从周天子那得来的封爵，不是"公"便是"侯""伯"，楚却只是个"子"，在五等爵中几乎垫底。给的封地也最小，方圆只有五十里。国小民贫，甚至连建国典礼上的祭品都备不起，只能到邻近部落去偷了一头小牛，又怕主人追来，连夜宰了祭拜天地祖宗，因此楚人还形成了一个但凡有重大祭祀，都在夜里举行的风俗。

虽然被允许建国，但楚人仍旧被周天子视为蛮族。每次诸侯会盟，楚国国君不仅没有资格参加，还必须与其他少数民族的酋长一起，替他们在会场外看守火把，有时还得负责用自己进贡的南方茅草，为宴会过滤酒水。

所谓的高傲，很多时候往往只是对自己的逆向保护，一种掩盖自卑的伪装。因为世代遭受歧视乃至排斥，楚人在潜意识中对命运有一种挥之不去的怨恨和莫名的畏惧。楚人巫风极盛，可是在竭力奉承神灵的同时，他们总是怀疑无论自己如何努力，上天都不会真正平等地接受自己，总是有一种若即若离的敌意。屈原的楚辞中，天帝总是高高在上冷若冰霜，连天门的看守对他也总是爱理不理。

实际上，楚国的得名，就已经暗示了这个部族的悲情性格："楚"，本意是一种带刺灌木，古代常用来鞭打犯人，因此又有"痛苦"的引申意，如痛楚、苦楚。

假如处在顺境之中，这种这对天命缺少信心的自卑还能够暂时

113

压制，可一旦事态恶化，那么所有对上天的怨惧就会如洪水决堤一般不可收拾。

尤其是所向无敌，一路高歌猛进，直至登上人间顶点的项羽，任何失败都可能致命，因为那都将被理解为自己终于遭到了上天的遗弃。

面对不可抗拒的天命，项羽只剩下了尊严。

当唯一的渡船迎到眼前时，项羽终于从失去虞姬的剧痛中清醒了过来。

他转回身来，背对着乌江。

"吾起兵至今八岁矣，身七十余战，所当者破，所击者服，未尝败北，遂霸有天下，然今卒困于此——"说到此处，不觉心如刀绞，顿了一顿。

"此天之亡我，非战之罪也。"语气低回，仿佛在自言自语。又沉默了片时，猛然厉喝，"今日固决死，愿为诸君快战！令诸君知天亡我，非战之罪也！"

我的敌人只有一个，但绝不是刘邦，他不配！

用力一顿，项羽把长戟深深钉入结着薄冰的红土中。飙风突起，干枯的芦荻纷披散乱，尽皆低伏在地。

接着，他抛开头盔，一把扯下溅满鲜血的战袍，一个一个解开了甲扣。

项羽决定，以最原始最轻蔑的状态来进行他的最后一战。他想看看，到底是谁，能把冷冰冰的刀刃送入自己身体。如果真有那样的人，他不愿用这身金光闪闪的甲片阻碍了他的勇气——能伤得了西楚霸王的，必定也是盖世的英雄。

十二月的乌江边上，项羽袒开了衣襟，披散的发丝在空中飞扬。他抬起头，冷冷地对着天空，握戟的虎口慢慢开始渗血。

彤云密布，重得像要坠了下来，几乎压到了鼻尖。

项羽是把乌骓马送给乌江亭长，与汉军步战，杀伤了数百人之后自刎身死的。他的最后一句话，是对追上来的一员汉将吕马童说的：

"你好像是我的旧部吧——听说刘邦用千金悬赏我的头，还给封邑万户，我索性成全了你！"

但吕马童没能得到全部赏赐。为了这场富贵，追兵互相残杀，死了几十个人，项羽的遗体也在争夺中被撕扯成五块，他只抢到了其中一块。

刘邦将尸块拼凑完整，用诸侯的规格安葬了项羽，并亲自主持了葬礼，而且表现得很伤感："为发哀，泣之而去。"

刘邦的眼泪是否出自真心，人们大多表示怀疑。但《史记》还记下了他回乡时的一次哭泣，那次哭泣应该发自肺腑；有意思的是，司马迁同样用了描写过项羽的"泣数行下"四字。

那是在一次宴会上，刘邦酒酣，亲自击筑，并高歌一曲：

"大风起兮云飞扬，威加海内兮归故乡，安得猛士兮守四方！"

"高祖乃起舞，慷慨伤怀，泣数行下。"

项羽已灭，乾坤已定，刘邦为何还是如此慷慨伤怀？莫非，他也感觉到了人类是"无常天意支配下的不安定存在"？

应该是的，因为《大风歌》也是一阕楚歌，汉高祖刘邦，原来同样也是楚人！

刘邦的故乡丰邑，早在他出生的三十年前就被楚国吞并了，他在楚地上土生土长，终生保持了对楚服楚歌的嗜好；而他被人称呼了多年的"沛公"，更是典型的楚国官职——列国之中，只有楚国称县宰为"公"。

"安得猛士兮守四方！"一介布衣，居然提着把三尺剑坐上了秦始皇的位置，虽然目前看来天恩眷眷，可谁知道这是不是上天不怀好意，与我开一个大玩笑，就像当年对待项羽那样呢？

赤手空拳打下一个王朝的刘邦，逐渐失去了做沛公逐鹿中原时的潇洒豁达；有一副担子从项羽肩头卸下，重重地压在了他的肩头。

得了天下的楚人刘邦，痴痴地凝望着卷舒变幻的浮云，目光中流露出无限的虚弱和无助。

与英布的战斗中，刘邦中了流箭，回京路上，伤势越来越重。

当医生委婉地表达已经无能为力之后，刘邦大骂："我命在天，纵使扁鹊再世，又有何用！"随即打发走医生，再不尝试医治。

与末路的项羽一样，疾入膏肓的刘邦也有一次离别，与他最宠爱的戚夫人。

"你为我楚舞，我为你楚歌！"

还是一曲楚歌，还是一句奈何：

"鸿鹄高飞，一举千里。羽翮已就，横绝四海。横绝四海，当可奈何！虽有矰缴，尚安所施！"

天鹅已经展翅九天，人间的弓箭已经无能为力，一切都已经不在我掌握当中，奈何啊，奈何！

连歌数阕，戚夫人嘘唏流涕，难以自抑。

刘邦黯然推开酒杯，挣扎着站起，不发一言，转身踽踽离去。

相关史略：

公元前224年，秦将王翦率军六十万攻楚，楚以项燕为将抵御，大败，楚都寿春被陷，楚王负刍被俘，项燕退至长江以南，立昌平君为楚王。次年，秦军攻至蕲南，项燕兵败自杀。

公元前208年，陈胜败走下城父，车夫庄贾杀之，降秦。

公元前206年，刘邦入咸阳，约法三章，秦民大喜；同年项羽于新安坑杀秦降卒二十余万；鸿门宴后，项羽入咸阳，烧秦宫室，杀降王子婴，携珍宝美女回军戏下，分封诸侯十八王，凡有功于项者，皆得封地；自立为西楚霸王，占地九郡，都彭城；四月诸侯罢戏下就国，五月田荣即夺取三齐，起兵反项，彭越、陈余随即响应；八月，刘邦任韩信为大将，引兵从故道出关中，破三秦，叛西楚。

公元前203年，楚军多方受敌，士气疲惫；项羽乃与刘邦讲和，双方约定以鸿沟为界中分天下；九月项羽引兵东归，刘邦毁约越界追击。

公元前202年，项羽遣武涉说韩信反汉，三分天下，韩信婉拒。

垓下战后，刘邦在定陶即皇帝位，初都洛阳，后听从娄敬张良建议，改都长安。

公元前194年，刘邦卒于长乐宫，年六十三；子惠帝刘盈嗣位；太后吕雉杀戚夫人子赵王如意，并断戚夫人手足，剜眼、聋耳、饮哑药，置厕中，名曰"人彘"。

平天下

那是一套精铁铸成的半圆筒状版券,分为左右两块。其中一块交由受券人保存,另一块用黄金盒子装了,藏入皇家内府里的一个专门石室。两块铁券合并起来,便能看到一段完整的文字:"使黄河如带,泰山如砺,汉有宗庙,尔无绝世。"

这是大汉王朝,高祖刘邦与开国功臣之间的盟誓,属于人间分量最重的承诺:即使沧海桑田,黄河干涸成如布带般宽,泰山剥蚀得如磨刀石般小,只要汉皇朝存在,你们的封国就能世代传承,永不中断。

誓言为丹书,即由朱砂书写。闪着寒光的铁券上,字迹艳红,犹如鲜血。

清晨,狱卒看到周亚夫还保持着昨晚的姿势,靠着土墙,跪坐在那面铜镜前。监房昏暗,又没有灯烛,其实镜中一片混沌,但他仍然痴痴地凝视着。食物依然没有动过，已蒙上了厚厚一层灰。一切都没有变化，这间小小的监房中，时间好像凝固了。

周亚夫的绝食已经进入了第三天。这三天中，曾经统率帝国全部军队的太尉，一人之下万人之上的前丞相，唯一的动作就是对着一面特意让家人送来的镜子，泥塑木雕般呆坐；上至主审，下至杂役，对此都迷惑不解，直到他们听说了那件事，才恍然大悟：原来太尉是在自己的脸上寻找一条纹路。

这要从那位名叫许负的老妇人说起。那还是二十年前，周亚夫见到了这位传说中料事如神的相者，一时好奇，也央她为自己看看吉凶。但亚夫没想到，许负的预言极其荒谬，竟然说他："三年后封侯，封侯八年为将相，位极人臣，再九年后饿死。"亚夫当即指出父亲的爵位已经传给了哥哥，自己何从封侯；而退一步，假如真能贵为王侯，又怎么会饿死呢？

许负望着他很久没有说话，表情很复杂，像嘲弄，又像怜悯；最终点点头，用枯枝般的手指着亚夫的嘴说，你脸上有竖纹入口，注定饿死。那时亚夫毕竟年轻，哈哈一笑也就置之脑后了。不料后事果真如许负所言，封侯拜相丝毫不差。随着九年期限一步步临近，亚夫的睡眠越来越差，经常做噩梦，梦的内容大都是许负冰冷如蛇的手指和不知何处传来的磔磔冷笑。每次大汗淋漓地醒来后，他都会下意识地去摸自己的嘴角，照镜的习惯也就是在那时养成的。

但亚夫始终没能找到许负所说的那条竖纹。虽然在军中免不了冲霜冒雪,但亚夫的面颊除了黑些粗些,一直没什么皱纹,这好歹令他能松口气,大概许婆子年纪大了,老眼昏花瞧不真切吧。很久以来,亚夫都这样自我安慰,直到入狱。

监房只在高处开了一个小小的窗孔,光线像一根铁柱,穿过窗孔不动声色地搅动着污浊的空气。惨白的光斑在死寂中游走,游走,当再一个黄昏降临时,终于斜斜照在了铜镜上。

镜中映出的面容,白发凌乱,沟壑纵横,几天之内仿佛老了几十岁。

周亚夫哇一声喷出一口血来。

周亚夫是以谋反的罪名被逮捕的,但证据不过是五百具甲盾。这本来是儿子见他年老,事先预备的殉葬之物,在军人世家实属寻常,不料却被告发到了景帝那里,说他私藏军械心怀不轨。

最初,周亚夫以为只是一场误会,毕竟哪有人傻到凭着几百套武器去造反。但越看事态越不对,每一句问讯都上纲上线,种种迹象显示,极有可能会被打成死狱。对于周家那些甲盾只是葬器的解释,法官甚至如此蛮横地驳斥:"你纵然不在地上反,也要到地下去反!"

听到这样的回答，周亚夫如同被当头浇下了一桶冰水。他心中有数，自己这次恐怕在劫难逃。他已经隐约猜到了，法官背后站着的是什么人。

他本想立即自杀，但被夫人拼命拦下，这才被关入了牢中。当然，没有坚持自杀，除了对朝廷的公道还有那么一点希望，支持周亚夫信心的还有一样东西：高祖皇帝赐给他父亲的丹书铁券——

要是从上代人的交情算，自己还是当今皇上的叔叔辈呢。

周亚夫的父亲周勃，是沛郡丰县人，刘邦的小同乡。自幼穷苦，以编织芦苇席和婚丧嫁娶时当吹鼓手维持生计，但弓马娴熟，有一身好武艺。后来跟随刘邦反秦灭楚，南征北战，立下大功，开国后被封为绛侯。刘邦去世后，吕后族人擅权，周勃又联合陈平，诛杀吕氏诸王，拥立汉文帝即位，两度拜相。

而周亚夫自己，则为文帝的儿子景帝，平定了吴王濞为首的七国叛乱。

毫不夸张地说，老周家对老刘家有天大之恩，没有周家父子提着脑袋出生入死，也就没有文帝景帝父子今天的皇位。

他应该还会联想起父亲的经历。周勃晚年，也被人诬告过谋反，虽然很受了一些惊吓，甚至几遭不测，但最后皇上还是能够明辨是非，还他清白的。

或许是树大招风吧。虽然委屈，但周亚夫还是不愿意相信，皇上会对自己如此翻脸无情，这次冤狱，应该还是小人在挑拨离间。

不过，如果说周亚夫曾经心存侥幸的话，很快他就打消了幻想。案情的审理咄咄逼人，脖颈上的绳圈越抽越紧，使他愈发明确了自己的判断：没错，法官与周家并无怨仇，他们只是奉命行事。

法官背后的人，正是景帝。作为帝国之主，他甚至不用做出具体指示，大多时候，一个眼色，一声咳嗽都足以让相关人员心领神会了——

何况周亚夫的案情报到景帝案头时，他还当众骂了一句："我再也不用他了！"

通常认为，周亚夫是因为秉性耿直，多次得罪了气量狭小的汉景帝，最终被找个茬收拾了。的确，在丞相任上，君臣之间有过多次不愉快。最早是景帝想废立太子，周亚夫则坚决不同意，态度很激烈；之后太后想封某个皇亲为侯，景帝找周亚夫商量，亚夫又认为该人没有功劳，不够资格，景帝娘俩只得作罢；不久，几个匈奴小王前来投降，景帝打算封他们为侯，以鼓励后人，但周亚夫还是强烈反对，说那些都是不忠不义的叛徒——这次景帝没有听他的，仍旧封了那几位匈奴叛王，亚夫因而称病，景帝随即罢免了他的丞相。

如果亚夫就此退休闲居，倒也不失善始善终。然树欲静而风不止,没过多久,老周家遗传的臭脾气——《史记》记载周勃"为人木强敦厚"——把景帝对周亚夫的最后一点宽容也消耗殆尽了。

那天景帝在宫中召见周亚夫,到饭点了留他吃饭,但只给他上了一大块肥肉,却没有摆放任何食具,也不切开。周亚夫心里很不得劲,就叫人给他拿双筷子来。景帝本来默默看着,这时忽然笑问:"这难道还不够使您满意吗?"

周亚夫也不辩解,摘下帽子,依礼拜谢后,不等景帝吩咐,转身就走。

目送着亚夫远去的背影,景帝面沉如铁,一字字道:"这个愤愤不平的人,将来能侍奉少主吗?"杀机显露无遗。

但如果仅从以上纠纷来看,亚夫蒙冤,不过是君臣间常有的矛盾,只是他命犯太岁,遇到了寡恩刻薄的景帝。真相果真如此吗?

除了亚夫的愤然离席,《史记》还记载了他的父亲周勃在文帝面前的另一次退场。两相比较,司马迁的笔法更觉意味深长。

那应该算是周勃人生的顶峰,他刚与陈平等高祖时的老臣平定了诸吕之乱,将代王刘恒拥上了皇位,是为文帝。文帝自然感戴,任命周勃为右丞相,赐金五千斤,食邑万户,还与他结成儿女亲家,对他优礼有加,恭敬得几乎有些谦卑了。而周勃功成名就,不免有些得意忘形,在举手投足中不自觉地表露出来。终于有一天,在文帝像往常一样目送他退朝离去后,大臣袁盎发话了。他问文帝认为周勃是什么样的人,文帝回答说社稷之臣;袁盎随即发了一通议论,意思是周勃只能算是功臣,而不是能与君主共存亡的社稷之臣,他认为目前周勃有在君主面前摆老资格的苗头,假如陛下对他过于谦让,就会失去君臣之间的礼节。

《史记》中没提到文帝当即的反应,只是说,从那以后,朝会时文帝对周勃的态度有了明显改变,越来越庄重威严。

"上益庄,丞相益畏。"

袁盎的话,说中了文帝最隐秘的心事。

历代都有功高震主,但西汉前期,功臣尤为皇家一大心病。

文帝之前,每次皇位交替,都是刘家一道极其凶险的关隘,而皇室最用力防备的对象,就是辅佐刘邦打天下的功臣。

公元前194年,刘邦驾崩长乐宫。吕后将他的死讯整整隐瞒了四天,在那四天里,她谋划的只有一件事:如何对付老臣。她曾对心腹说过这样疯狂的计划:"众将之前与先帝都是秦皇治下的平头百姓,谁也不比谁高贵多少,如今却得北面称臣,本来就不太服气,以后让他们再服侍少主,如何能心甘情愿——看来,不把他们尽数杀了,天下不得安宁。"幸亏消息走漏,有人提醒吕后,军队大半都在众将手中,此举只能自取灭亡,才令吕后不得不取消了一触即发的大屠杀。

公元前 188 年，孝惠帝崩。丧礼上，作为亲生母亲的吕后，虽然哭了，却没有流一滴眼泪。张良的儿子为此找到宰相王陵、陈平，说："太后只有这么一个儿子，如今死了，却看不出有多少悲伤的样子，你们知道这是为什么吗？都是因为怕你们这些老家伙啊。"王陵陈平惶恐不安，就向吕后提出，将军权交给她的娘家人，太后这才涕泪俱下，号啕痛哭起来。

公元前 180 年，吕后也走到了生命的尽头。弥留时，她除了调整军务，牢牢让自家子侄掌握兵权外，还特意提醒他们，新帝年轻，老臣很可能发动兵变，所以自己死后，你们要谨慎守卫皇宫，千万不要离开军队为我送葬，免得受人控制。

饶是毒辣精干如吕后，对功臣们的畏惧，也整整纠结了一生，身为晚辈的文帝，与这些身经百战的叔叔伯伯周旋，自然得愈发谨慎。如果出自功臣之手，就是一个天大的馅饼都得思前想后，迟迟不敢享用。

文帝见到周勃陈平等派来的使者，迎他前去继位时，第一反应并不是惊喜，而是疑惧。反复与属僚权衡，有人就说周陈等人都是高祖时的大将，"习兵，多谋诈""实不可信"，必定包藏祸心，劝他称病不要入都；但皇位毕竟太诱人，最终还是咬咬牙豁出去搏一搏，还算了一卦，得了吉兆才敢忐忑上路。

进长安的过程，文帝也走得战战兢兢，先后派了两批人先行入京探听虚实，生怕掉进陷阱。

在入住未央宫的当夜，文帝便任命自己的亲信负责京城和皇宫的安全，毫不掩饰地表达了对定乱功臣的戒备。

在文帝和周亚夫之间，有过一段著名的佳话，留下了"细柳将军"的典故。但将那段故事放在以上的背景下，却不能不令人有另外的感觉。

公元前158年，匈奴大举侵扰边塞。当时拱卫京师共有三支军队，其时周勃去世已有十一年，作为他的继承人，周亚夫率领其中一支，即驻扎在长安西南的细柳营。战事紧急，文帝亲往劳军，在另两处军营，都直驰而入，领军的将领远远就下马迎拜；到了周亚夫营中，全营将士却执兵引弓，一副如临大敌的紧张气氛；文帝的先行官在营门竟被挡下，他解释说自己是在为皇帝开路，营门都尉回答："军中只闻将军之令，不闻天子之诏。"正僵持间，文帝来到，但仍旧不放行，只得派使者执节诏令周亚夫，周亚夫这才开了营门；正要进入，都尉又宣告将军有令，军中不得驱驰，文帝也就依言按辔徐行；来到中军大帐，周亚夫披甲按剑，只作了个揖，说："甲胄之士不拜，请以军礼见。"

"天子为动，改容式车，使人称谢：'皇帝敬劳将军。'成礼而去。既出军门，群臣皆惊。文帝曰：'嗟乎，此真将军矣！曩者霸上、棘门军，若儿戏尔，其将固可袭而虏也。至于亚夫，可得而犯

邪！'称善者久之。"(《史记·绛侯周勃世家》)

"天子为动，改容式车""至于亚夫，可得而犯邪"，对于周家大将，文帝果真只是欣慰与赞叹？

既是真将军，便心有定见，将在外，君命有所不受。景帝三年，平定吴楚等七国之乱时，亚夫为拖垮叛军，将景帝的胞弟梁王推到了第一线，任凭梁王日夜告急也不分兵援助；梁王命悬一线，情急投诉景帝，景帝诏令亚夫救梁。

亚夫拒不执行。

按照自己的策略，只用了三个月，周亚夫便平定了这场声势浩大的叛乱。

周将军凯旋之际，梁王与景帝这亲哥俩心情如何？

关于此次平叛，还有个常常被忽视的细节。出征时，亚夫乘坐的是当时等级最高的"六乘传"，即用六匹马驾车。"六乘传"见诸史籍只有两例，另一例便是文帝进京继位。

有人说，周亚夫的悲剧结局，早在这次漂亮的战役中就埋下了伏笔。

周勃父子在后世都被视作忠臣楷模，汉主如此猜疑，是天性凉薄，还是杞人忧天的多虑？

关于周勃，刘邦有过"厚重少文"的评语，并向吕后交代过，日后若遇危机,"安刘必勃"。但翻遍史书,周勃"少文",的确有细节描写,说他讨厌文人,每次召见儒生说客,总是不耐烦地催促别啰啰嗦嗦绕圈子,有话就说有屁就放;但"厚重"却不见具体事例,反而有过背后中伤他人的记录:陈平所谓的两大劣迹,盗嫂与贪污,就是他向刘邦进的谗言;此外,他还打击异己,著名的政论家贾谊就是被以他为首的老臣们赶出朝廷的。

再说"安刘必勃"。刘邦死后,吕后执政,为巩固权力提出封诸吕为王,向众臣征询意见。对此,丞相王陵根据刘邦"非刘不王"的盟誓明确反对;而陈平与周勃却说:"高帝定了天下,可以封刘氏子弟为王;如今太后称制,自然也可以封吕家人。"虽然后来陈平对王陵有过解释,说"面折廷争,我不如你;全社稷定刘氏之后,你也不如我",日久人心自见,但事后回看,在吕后掌权的全过程,周陈等不见有多少忠于刘邦的谋划,只是一味消极等待,这不免令人怀疑当初的话只是为了自家避祸。

袁盎指出周勃不是社稷之臣,理由就是在刘氏不绝如缕的危急时刻,周勃身为太尉,却束手旁观;直到吕后去世,众臣共谋诛吕,因为掌兵的职位,周勃才适逢其会,顺水推舟干成了一票。

至于文帝之立,《史记》用了"诸大臣相与阴谋"的文字。阴谋固然可以理解为暗中商量,但商量的内容绝对称得上是名副其实的阴谋:周勃一伙一一排除了对己不利的候选人,甚至连惠帝的骨血都诬蔑成野种杀了，无一幸存；而文帝能够入选，真正原因只有一个：他的势力最弱，娘舅家也没出息，最容易控制。

很清楚了，所谓的"安刘"，其实是周勃等功臣集团为了自身利益进行的一次政变，只不过在政变中，功臣与刘氏站在了同一个阵营。对此还有一条佐证：如前所言，陈平遭过周勃的陷害，按理本应关系尴尬，但在政变前夕，两人却深相接纳，天天喝酒谈心，铁得如胶似漆，这正印证了孔子说的"小人喻于利"。

从集团利益的角度，再看周亚夫触怒景帝的几次反对封王封侯，固然理直气壮，难道就没有一点不容许外人分权的嫌疑？

直到几十年后，董仲舒还将朝廷因循守旧暮气沉沉，"常欲善治而至今不可善治"，归结于汉文帝过于依靠老臣宿将，忽视了对新人的提拔和培养。他岂知老臣宿将的厉害和文帝的委曲求全——贾谊就是一个最好的例子。虽然文帝极其欣赏他的谋略，很想委以重用，但因为周勃等老臣的反对，只能将其外放长沙。

恩恩怨怨唯有当事人自己最清楚。周勃的晚年，并没有太多功德圆满的从容，反而总是神经紧张，生怕遭到诛杀。回到封地养老后，每当朝廷官员入境巡视，他都全身披甲，让家人手执兵器，才敢出来接见。

周勃等被刘邦视作"安刘"肱股，到头来却小动作影影绰绰，这是刘邦年老昏庸，识人不明吗？

"安得猛士兮守四方"，刘邦也是无可奈何。

灭项羽的次年，刘邦下了一道诏书，命令天下大小县邑修缮城池，这与秦始皇尽拆列国城墙恰好完全相反。

这道诏书体现了秦汉两朝攻守迥异的立国形势。始皇与项羽的教训在前，如何守住来之不易的基业，成了刘邦的头号难题。

很多学者将刘邦分封诸侯，视作秦朝已实行的郡县制的倒退。尤其是第一批受封的七个异姓王国，总面积竟然差不多占了全汉疆域的一半：汉初，天下共有四十六郡，七王便占了二十二个，全国登记在册的一千三百余万人口，其中至少八百五十万在诸侯国名下。

诸侯国具有相当大的独立性。虽然刘邦为帝，诸侯为王，身份尊卑有别，但除了国相一职须由朝廷派遣，其余官员都能由诸侯王自己任命，所收的赋税也不用上缴国库，可以自由支配；还能拥有一支自己的军队。仪制使用也与皇帝区别不大：比如臣下对诸侯王与皇帝都称陛下；诸侯王与皇帝所发政令都称教令；母亲都称太后，继承人都称太子；甚至连被视作政权象征的纪年，都可以自己颁布。

显而易见，汉王朝的所谓统一，很大程度只是在名义上，长安之外，到处是各自为政的国中之国，中央并不能调度如意。对于刘邦来说，分封这样的诸侯，简直就像将自己一块好端端的平地，挖得到处是坑。

其实，无论愿不愿意，这次分封都势在必行，由不得他。

史家吕思勉说过："汉高祖的灭楚，以实在情形论，与其说是汉灭楚，毋宁说是许多诸侯联合以灭楚，汉高祖不过是联军中的首领罢了。虽然共尊他为皇帝，却未必含有沿袭秦朝皇帝职权的意义，所以任意诛灭废置诸侯，怕是当时人所不能想象的。"更何况，汉初很多异姓王，韩信彭越等，势力范围都是先已存在，刘邦只能承认既成事实，不得不封的。

刘邦自然知道其中利害。好在心狠手辣是他的天赋，有生之年，七个异姓诸侯，被他无则有之，有则加勉，先后扣上谋反的帽子，逐一斩灭，到他死时，只剩下了一个偏远而弱小的长沙国。

问题在于，消灭异姓王后，刘邦将夺回的土地重又分给了子侄。

也有很多史家对刘邦分封宗室表示了认可，起码在皇权从吕后移交到文帝的过程中，起了关键作用。在文帝犹豫是否接受老臣邀请入京继位时，幕僚宋昌就说破了其中奥妙。他以为刘邦并行封国与郡县，势力犬牙交错互相钳制，"所谓磐石之宗"也，如此形势下，谅一干老臣也不敢起异心，所以尽管放胆做皇帝去。

分封宗室只是权宜，隐藏着巨大的后患，贾谊将之比喻为浮肿病：四肢膨胀几乎与腰同粗，势必运转不动，随时可能割据崩析，甚至反噬。

贾谊的担忧并非夸张。刘邦新敕封的九个同姓诸侯王国，加上唯一的异姓诸侯长沙国，总共统治四十郡数百城，连在一起，俨然已是战国时代关东六国的全部国土；而中央直辖的郡，却只剩下了十五个，基本都在关中，相当于统一前秦国的疆域，因此还被人称为西秦。

也就是说，假如不考虑血缘的因素，西汉王朝，几乎重现了战国时以六对一、天下诸侯"合纵"抗秦的格局。更严重的是，吴楚等大诸侯王，封地都是资源丰富、人口稠密的地区，通过煮盐、冶铁，甚至铸钱，积累起了巨大的财富，国力甚至超过了中央。有一件政府借贷行为，足以说明当时诸侯国的实力之强：

当时长安城中，已经出现了专门的高利贷商人，可当吴楚七国起兵造反，随军出征的官员前来借贷军费时，除了一个无盐氏，所有人却都不肯放贷，因为他们对朝廷获胜根本没有信心。

三个月后，叛乱被平定，无盐氏得到十倍利息，从此跻身超级富豪。

想依赖血缘与亲情，约束整个天下，无异于寄希望于用几根稻草捆住野牛。周王朝的封建与覆灭，便是最好的例子。是刘邦不懂历史教训，还是对自己后代的野心估计不足呢？都未必。联合七国造反的诸侯领袖吴王刘濞，是刘邦哥哥的儿子，在受封仪式上，刘邦就说他有反叛之相，并拍着他的后背，半真半假警告："五十年后东南方会有动乱，难不成就是你吧？如今天下一家，你要好自为之！"

应该说，宗室的坐大和叛乱，也在刘邦计算当中，可他依然将大半个国土封了出去。最合理的解释是，当时刘濞等子弟毕竟年轻，根基尚浅，头号假想敌不是他们，而是当年的老兄弟；刘氏子侄，反而得因此担负起守家卫国的任务。

更确切说，刘邦是同时树立几股势力，功臣，宗室，还有吕后按捺不住偏向娘家的外心，让它们互相监视，互相戒备，在长期的争斗中互相消耗，最终将所有的戾气全都发泄干净——

就像挑动最锋利的刀，彼此劈砍，直至卷刃。

至于为何选中周勃等人作为功臣势力的代表，更加简单。绝不是因为刘邦有多么信任周勃，虽然周勃一生对刘邦本人的确忠心耿耿。在刘邦的辞典里，根本没有忠诚和信义的字眼，一切只是因为他们能力有限，翻不起多大的浪；周勃其人，包括曹参，看似战功累累，然细察之下，尽是些出蛮力拼老命的苦劳，的确是猛将勇将，但绝不是能够独当一面的大将。这与七大异姓王仅长沙独存，只是因为其国小力弱同样道理。稍具威胁的，如韩信彭越等人，在领取丹书铁券的那一刻起，就已经上了刘邦的黑名单。

尽管如此，在大清洗中幸存下来的老臣们还是常常受到刘邦的敲打。彭越被杀后，尸体被剁碎制成肉酱，每个诸侯都分到了一瓶。

人性的黑暗，已被刘邦发挥到了极致。只是擦净屠刀后，不知他对自己的布置是否真有信心。毕竟，他将自己的帝国，架在了三把刀刃支起的平衡点上，随时都有可能倾覆。总之，晚年的刘邦心情阴郁，脾气暴躁，过得并不愉快。

公元前195年，刘邦病危。吕后向他询问身后的人事安排，刘邦嘱咐她依次用萧何、曹参、王陵陈平，还有周勃为丞相。

吕后还想问周勃之后用谁，刘邦沉吟许久，长叹一口气，低声说道："以后的事，也不是你所要知道的了。"

所有声响戛然而止，这对老夫妇互相对视着，谁也没再说话。虽然已是暮春，但未央宫内寒意刺骨。

老子栽树，儿孙乘凉。

有了刘邦铺垫的基础，吕后之后，随着几大势力在明争暗斗中逐渐消耗，皇权对于功臣的控制和打击越来越得心应手。

文帝入京，老臣迎谒。在渭桥上，周勃小心进言："请允许单独谈话。"文帝幕臣宋昌大声道："若谈公事，请现在就讲；若谈私事，王者不受私！"毫不客气地给了一团兴头的周勃一个下马威。

朝堂之上，文帝询问周勃："天下一岁决狱几何？"周勃不知。"天下一岁钱谷出入几何？"周勃还是不知，汗流浃背。不久，周勃辞相。

次年，文帝发话："前几天我命令所有列侯回到封邑上去，可还是有不少人赖在长安不走；请你周丞相给我带个头。"周勃离京就国。

再次年，周勃被诬入狱，备尝屈辱，最后在太后干预下才得出生天。出狱后，他感叹道："我曾率领过百万大军，哪里知道小小一个狱吏也如此尊贵！"

周勃好歹得了寿终正寝。侯爵传到亚夫，作为当家人，他不可能感受不到皇室对功臣世家的步步紧逼。以他的性格，细柳营中的表现，完全可以理解为一种宣泄委屈与炫耀实力兼而有之的复杂情绪。

文帝尚称宽仁，到了景帝，一来秉性苛刻，二来根基更稳。当亚夫替中央削平宗室叛乱后，他和老周家的命运也已经注定。

兔死狗烹是刘家秘不外宣而又世人皆知的祖训。

绝食五日后，周亚夫呕血而死，国除。

铁券上的朱砂字一行行剥落。汉初刘邦所封功臣，共有一百四十三侯，到武帝太初年间，只剩了五侯，其余不是犯法殒身，便是绝后亡国。

越到后来，诸侯们头顶的法网越密，连朝廷祭祀，列侯所献助祭的酎金分量不足或成色不好，甚至牛羊太瘦，都是废侯的理由——

当然，分量足不足，成色好不好，牛羊瘦不瘦，皇帝说了算。

不过，皇帝也不总是一味清剿，有时也会顺应人情。朝廷同时颁发了一项"推恩令"，将从前只能由长子继承诸侯爵位，改成所有儿子都可以共同继承。表面看起来，一个王变成好几个王，人人有份皆大欢喜，实质上同一块饼越切越小，更加微不足道。

周亚夫饿死的两年之后，景帝崩，太子刘彻嗣位，是为武帝。

皇位传到刘彻，老伙计一个个逝去，知根知底的秘密全都烂在了地底；刘邦出身卑微与否已经无关紧要，曾经令人齿冷的无赖与残忍，也被诠释成了帝王先天俱来的洒脱与勇决；汉高祖一天天走向神坛，成为亿万蚁民津津乐道的传说。

六十年，足以让所有人的仰望形成惯性。汉家王朝，用四代人五次帝位传承，彻底完成了从游民到天子的华丽转身。

更重要的是，景帝交给刘彻的大汉，是一个前所未有的平坦帝国。外戚已灭，功臣已衰，同姓诸侯国也已被镇压肢解得萎靡不振；皇权无限拔高，所有阶层全部匍匐于脚底，刘彻拥有了空前强大的权力。在此意义上，别说曾与众臣平起平坐的刘邦，纵然是当年的秦始皇，能够征服六国土地，却未能征服六国人心，也不曾占据过如此泰山压顶般的高度。

所有的铁券都被砸成了碎片。再无人能约束刘彻。泱泱帝国，他是唯一主宰，咳唾都带上了雷电之声。想奖赏谁，谁瞬间升到天堂，想惩罚谁，谁顷刻坠入地狱；他可以把一介布衣公孙弘直接任命为宰相，也可以在厕所接见帝国最高军事统帅卫青，再也不必顾忌任何人的感受，更不需要与谁赌咒盟誓。

另一方面，经过六十年休养，中华大地重新恢复了勃勃生机。帝国的国库已被撑到极限，钱财堆积如山，粟米只能溢到仓外任由霉腐；回想楚汉战争刚结束时，连刘邦都找不到四匹毛色相同的马拉车，恍若隔世。

面对一马平川而又血肉丰满的天下，刘彻坐立难安，胸中似有一团烈焰灼烧。

他要驰骋，他要撒野，他要在天地之间高歌咆哮。

年轻的刘彻发誓，甩开手脚，能走多远走多远，能做多大做多大，绝不能辜负了列祖列宗的拳拳苦心。

相关史略：

公元前201年，刘邦伪游云梦，诱捕楚王韩信，执归长安，贬为淮阴侯。

公元前196年，杀韩信、彭越，屠三族；英布不安，起兵反汉，刘邦自击之，次年追斩英布于鄱阳；此年刘邦拜萧何为相国，益封五千户，萧何让封，并以全部家财佐军。

公元前187年，张良病卒。张良晚年，多次向刘邦表示，愿弃人间事，欲从赤松子游。

公元前178年，东牟侯刘兴居与诛诸吕有功，赐封济北王；兴居恃功不满，发兵反；随即兵败自杀。

公元前174年，淮南王刘长计谋使人反谷口，事觉，被处流放蜀严道，途中不食而死。

公元前155年，景帝任晁错为御史大夫，采纳"削藩策"。

公元前154年，吴楚等七国起兵以诛晁错为名起兵反叛，是为七国之乱；乱平之后，景帝将诸侯国的官吏任免权收归朝廷。

公元前127年，武帝采纳主父偃建议，施行"推恩令"，允许诸侯将王国土地分赐子弟；此令行后，王国辖地不过数县。

公元前122年，淮南王刘安谋反，事泄自杀；狱所牵连，死数万人。之后武帝发布"左官律"和"附益法"，贬王国官为左官，受诸多限制，以示歧视，并限制朝官士人交结诸侯。

天人之策

作为开国之君,高祖刘邦去世后,各个郡国都建有专门供奉其灵位的高庙,每月月初都要隆重祭拜,有的还珍藏有他用过的袍服遗物,逢年过节请出来,用皇帝仪仗护送巡游,堪称帝国最高等级的祀堂,受到最严密的守护。

公元前135年春,辽东郡的高庙却突然遭了火灾。这边尚且惊魂未定,短短两个月后,连高园——即安葬刘邦的高祖陵园——也起了火,烧毁了一座偏殿。

这两起火灾有些蹊跷,没留下什么人为的痕迹,朝廷穷搜苦索,也没有找出起火原因,何况还都发生在神圣之地,因此国内未免议论纷纷。不过,木建时代,失火也属寻常,随着殿堂重新建起,人们渐渐淡忘了此事。

谁也没有想到,五年之后,这两场火会再次掀起一场不大不小的风波,还差点要了一位大学者的命。

"此论妄言灾异，歪曲天意，荒谬绝伦……"

太阳已经西仄，但那两排蟠螭九枝灯尚未点上，有些昏暗的未央宫承明殿，显得更是空旷。丞相长史吕步舒的声音，仍如一个时辰之前一样慷慨激昂。

年轻的大汉皇帝，也就是后来被称为汉武帝的刘彻，斜倚着雕龙漆案，一只手抚着短短的髭须，闭着眼，似笑非笑。

阶下，中大夫主父偃持笏肃立，竭力绷紧脸，表现出恭恭敬敬的样子。只是没人能看到，他的两手大拇指愉快地在笏板之后交叠着绕圈。

"简直是胡言乱语，丧心病狂！"

终于，吕步舒用一句斩钉截铁的结语完成了他的鸿篇巨论。

他突然感到有些不对劲，觉得自己的声音似乎被一双看不见的手一个字一个字给收了起来，装入一只布袋捂得严严实实的。

殿内静得可怕，好像一个人也没有。

他偷偷抬起头来，看到了被他驳斥得万般不堪的那编竹简，正摊在面前的矮几上，在混沌的暮色中就像一堆烂泥。

博士公孙弘站在主父对面，微微躬着腰。看着伏在地上的吕步舒，满是皱纹的脸上流露出无限的怜悯，但好像又有些掩饰不住的快意。

帷帐背后，隐约能听到有小宦官嗤嗤的轻笑，但随即又被沉默吞噬了。

刘彻仍然似笑非笑地闭着眼。

也不知过了多久，他忽地睁开眼来，脸色猛然一沉。

吕步舒顿时渗出一身冷汗。

除了吕步舒，殿上的人都知道，那堆竹简上的每一个字都由董仲舒亲笔写下——而董仲舒，正是吕步舒敬若神明的恩师！

几天前主父大夫在董夫子那里做了一回贼。

元光五年，五十岁的董仲舒，因为辅佐的易王刘非触怒了武帝而受到牵连，被降为中大夫，闲居都城长安。仕途通达与否，他并不太在意，现下有了比较宽裕的时间，正好理理思路，以对朝政提出些建议。

他又想起了几年前辽东高庙和长陵高园的诡异火灾。当时董仲舒便将其理解为那是上天的一次示警，就像从前孔子时鲁国大火的意思一样：高庙居辽东，在外，象征地方诸侯；高陵在关中，在内，象征朝中大臣；而现在汉家里里外外，诸侯也罢，朝臣也罢，骄奢放纵，实在太过跋扈了，所以上天降灾命令皇帝进行一番芟除整顿。然而皇上却一直没能明白其中的玄妙，几年下来，朝纲堕落愈发严重。想到这董仲舒觉得不能再拖了，他有责任将这番天意传达给汉帝,以知错就改顺天行事。于是他撰写了一篇奏文《灾异之记》。

不幸的是,赶在皇帝之前,来董家做客的主父偃成了这份奏文的第一个读者。

在董仲舒的书案上,主父偃发现了这编只欠最后润色的竹简。

"火灾好比是上天这样对陛下说:'把地方诸侯中野心勃勃不守正道的找出来,狠狠心杀了,就像我烧辽东高庙那样;再把朝廷中身居高位却居心不正的也找出来,狠狠心杀了,就像我烧高园殿那样。'"

看到这里,主父偃不由得倒抽一口凉气:啊,这不摆明了想哄骗主上拿我们开刀吗?主父还是有点自知之明的,正派绝不是自己的禀性,董仲舒说的"身居高位却居心不正"的大臣,没准也包括他在内。恼火之余,他灵机一动,趁主人不注意,将竹简塞入了袖中。

第二天,这卷来路尴尬的竹简连同主父的谗言就被送到了刘彻面前。

不知是主父的提议还是刘彻自己的念头,他决定让董仲舒的徒弟以局外人的身份来评价一下老师的这篇大作。

于是,承明殿内为师徒俩专门布下了一个暗藏杀机的陷阱。

堂堂《春秋》权威,一代儒学宗师,竟敢发布这种连自己得意门生都觉得"荒谬绝伦"的言说,真是妖言惑众!还想撺掇朝廷擅行诛戮,离间君臣——

该当何罪?

就像刘邦屠戮功臣,杀伐果决堪称汉家家风,任你功高盖世,一言不合便是万劫不复。汉武尤其严酷,喜怒无常,一言不合便抄家诛族,在他手下做官风险极大,在位五十四年,共任命十三位丞相,便有七位不得善终,以至于有人接到拜相诏书时,居然吓得屁滚尿流,不愿意接过印绶——几年后他还是被灭了三族。

没有侥幸。当天,董仲舒就被打入了死牢。

退朝时,公孙弘和主父偃相视一笑。想来,老董这回是在劫难逃了。

然而,没过几天,刘彻甩下一道诏书,赦免了董仲舒,并官复原职。

刘彻不仅没有杀董仲舒,还听从了他的建议,罢黜百家,独尊儒术。

这其实是一次思想界的大震荡,抑或说,急转弯。

正如刘邦对儒生的厌恶,自西汉开国以来,儒学一直不被重视,黄老之学才是最受推崇的主流学说。所谓黄老,即黄帝与老子,是一种以道家为主,糅合了阴阳、法、儒、墨等诸派学说的哲学思想，体现在政治上，提倡清净无为、与民休息，反对过多干预社会生活。

应该说，休养生息的政策还是很适宜秦汉兵燹后的残破局面的。反复遭受蹂躏的帝国终于得到喘息，很快，无论人口还是赋税，都开始了迅速回升。故而从宰相萧何、曹参、陈平，到文帝、景帝，无一不是黄老学说的虔诚信徒。

刘彻便是在这种浓厚的黄老氛围中登基的。即位之初，他年龄尚轻，朝政掌握在文帝遗孀窦太后手里。这位窦老太太，更是狂热的黄老崇拜者，绝不允许任何人挑衅这套行之有效的政治理念，甚至为此诛杀了多位大臣。

然而，就是在刘彻手里，儒学不仅取代了黄老的地位，甚至被推举到了从未有过的政治高度，成为之后两千多年间，几乎所有王朝都信奉的官方哲学。

这样辉煌的成功，是当年孔孟都未曾有过的。于是，在后世很多学者眼中，董仲舒力挽狂澜，是弘扬儒家当之无愧的头号功臣；而汉武，则毫无疑义地担任了儒家最强有力的护法明王。君臣同心向儒，想来应该相处甚欢。

真相果然如此吗？

不妨比较一下当时最有名的两位大儒，董仲舒和公孙弘。

公元前 135 年五月，窦太后病逝。第二年，刘彻就诏告天下各郡，推举贤良文学之士，会聚长安，他要亲自策问，为帝国选拔人才。就是在这次策对中，刘彻发现了董仲舒与公孙弘。

参加选拔之时，公孙弘六十六岁，垂垂老矣，而董仲舒四十五岁，正当年富力强；若论学力，董仲舒家学渊源，加之自幼苦读，三十来岁时便已广招门徒，还做过景帝朝的博士，以司马迁看来，研习《春秋》的学者中，他堪称当世第一人；公孙弘却是狱吏出身，被免职后放了半辈子猪，年过四十才正儿八经开始读书，学术素养远远不是董仲舒的对手。何况，董仲舒的对策也相当出彩，引得刘彻接二连三追加论题，表示出了极大的兴趣。

不过对策之后，刘彻却并未重用董仲舒，甚至没留在朝中，而是远远打发到扬州，到同父异母的大哥易王刘非身边，做一个辅佐诸侯的江都相。并且，终其一生，董仲舒的仕途未曾有过多少起色，最终在任胶西相时辞职，告老还乡。

公孙弘在对策中表现一般，却平步青云，不仅被刘彻留在身边，只用了十年，便从待诏金马门，爬到三公之首，年近耄耋居然还当了丞相——高龄之外，他还创造了另一个奇迹：他是汉朝第一个毫无军功家世背景，起至贫贱的布衣丞相。

两人的际遇，应该与各自性格有关。公孙弘为官很有一套手腕。每次朝堂议政，他都会条分缕析，将矛盾利害拆解得清清楚楚，同时也提出各种解决方案，但从来不下结论，任由刘彻自行裁

147

决。他还善于见风使舵，根据刘彻的脸色随时调整自己的言论。总之一句话，在刘彻面前，他放弃了一切原则，进退行止，完全由刘彻决定。

公孙弘的圆滑狡诈，明眼人看得一清二楚。在他应征入京时，一位前辈大儒，九十多岁的辕固就曾经严肃地告诫他："公孙先生，请您务必以正直的态度说话做事，千万不要歪曲自己的学术来投世人之所好啊！"公孙弘满面羞惭，拜伏在辕固脚下，不敢抬起头来看他。

辕固实在太老，很快就去世了，没能看到公孙弘的飞黄腾达。之后，再有人来指责他心术不正，他只是笑笑，然后心平气和地向刘彻解释："他们都是好人，只是不理解我的忠心罢了。"刘彻听了，愈发赞叹公孙弘为人厚道。

八十岁时，公孙弘病卒于丞相任上，为自己的晚年画上了一个富贵的句号。

只将公孙弘看成一个谀臣是不恰当的，否则也是对汉武帝的轻视——他绝不会选择一个只会唯唯诺诺的马屁精做丞相。公孙弘真正的高明之处在于，他比任何人——包括董仲舒——都清楚，刘彻究竟需要什么。

公孙弘常在刘彻面前说："人主病不广大，人臣病不俭节。"后一句没什么新意，前一句却搔到了刘彻的痒处：从来耳边只有节用安民的聒噪，如今竟有人大张旗鼓宣扬做皇帝气魄越大越好，更妙的是，这老家伙还能引经据典，为自己一项项惊世骇俗的手笔找到理论依据！

虽然刘彻还只是一个少年，但他的只言片语已足以令公孙弘做出准确判断：他相信这位血气方刚的年轻人身上，蕴藏着难以估量的精力和欲望，必定忍受不了清静寡淡的黄老之术，大汉王朝在他手里，免不了有一番震古烁今的折腾，而所有臣子需要做的，只是服从、配合，还有涂饰——

紧紧跟在这位如行空天马般不受拘羁的皇帝身后，为他随心所欲的奔驰、撒欢、尥蹶、打滚，提供舆论支持。

兴明堂，建封禅，修郊祀，改正朔，远巡守。虽说儒学不尽是形式主义，可天底下又有哪家学说能比儒家更擅长装点门面呢？

公孙弘暗暗激动起来，他为自己当初半路出家研习儒学而感到庆幸；但同时，他也暗暗提醒自己，千万别被儒学如火如荼的表象所迷惑，真正的老大永远只有一个，永远只能是掌握着生杀大权的刘彻，而不是什么啃冷猪头的周公孔子！

而关于刘彻的崇儒，学者赵克尧统计的一个数据，大概会令很多人感到意外。他在位五十三年，共任命丞相、御史大夫等正副枢臣二十九人，真正称得上儒家的只有公孙弘、兒宽二人，其余都是外戚、功臣、郡守、酷吏、商人及诸子学者。

还有人说，连公孙弘的儒生身份也大有水分。史载其"习文法吏事，而又缘饰以儒术"，儒法比例，大可斟酌。

他与董仲舒一起参加的那场对策，排名也意味深长。回答问题时，公孙弘强调，应该把法家的法术与儒家的礼仪融为一体。对于学术，这样的说法自然有失驳杂，因此主考官在评议等第时，将他排在最后；可刘彻看过名单后，却把次序颠倒过来，将他定为了第一，超过了董仲舒。

终于有一天，那个戆头戆脑不怕死的大臣汲黯，当面揭穿了刘彻的推崇儒术纯属叶公好龙："陛下您内心满是私欲，对外却声称要广施仁义，这样表里不一，想要效法尧舜之治，怎么能够做得到呢？"

刘彻听了暴跳如雷，但大发了一通脾气后，并未加罪汲黯，对他的指责竟也没有半句驳斥。

公孙弘、刘彻。这对君臣其实都清楚，"崇儒"大旗下，帝国真正需要的，究竟是什么。

汉武毕竟是汉武，刘彻选择一门学说，绝不仅仅只是为了包装自己的欲望，他还有更高层次的需求。

那次策问，董仲舒应对的三篇策论，被称为"天人三策"。除了兴办太学、量材授官等一些具体措施，有两大主题：一是"天人感应，君权神授"；二是"春秋大一统，尊王攘夷"。

这几条策论，令刘彻敏锐地发觉了儒学对他的王朝的巨大意义。

一旦不受干扰，社会便会爆发出强大的自愈能力。开国之初，连刘邦的马车都找不到四匹同样毛色的马，如今粮食多得仓库不够用，短短几十年，各个阶层都从崩溃边缘恢复了元气。富强之余，刘彻也注意到，脚下又开始出现了一些异动。尤其是诸侯，野心就像雨后的野草，割了一茬又冒一茬，怎么也割不干净。比如淮南王，招徕了一群乱七八糟的学者，搞出一本《淮南子》，即便不是为觊觎大位造势，便是妄图影响朝政，这已不再是一味放任的黄老之术所能驾驭的了。

杀人易，收心难，董仲舒的策论来得太及时了。他宣扬整个帝国从上到下，思想必须统一："《春秋》大一统者，天地之常经，古今之通谊也……臣愚以为诸不在六艺之科孔子之术者，皆绝其道，勿使并进。邪辟之说灭息，然后统纪可一而法度可明，民知所从矣。"

大一统不只限于思想，政治同样需要统一。董仲舒进一步阐明《春秋》大义："《春秋》之法，以人随君，以君随天。""天下受命于天子，一国则受命于君。""诸侯受命于天子，子受命于父，臣妾受命于君,妻受命于夫。"所谓受命,就是无条件地服从,子民统一于大臣,大臣统一于皇帝。

这套理论如果传播开来,天下人心归于一统,江山自然万世永固,便再也不必担心诸侯兴风作浪了。

刘彻安排董仲舒到地方上做诸侯王的国相,未尝不能理解为一次实习考试:他辅佐的易王刘非,好勇斗狠、蛮横暴躁,非常不好相处,董仲舒如果能够降伏,不正是他学说实用性的最好证明吗?而从效果来看,刘非虽然霸道,却还是相当尊重董夫子,这无疑大大增加了刘彻贯彻天人三策的信心。董仲舒脚下,原本也有一条平坦的阳光大道。

可惜,这一切都被那篇《灾异之记》砸得粉碎。

在这份偷来的奏稿上,刘彻看到了一条影影绰绰的锁链,一条毒蛇般套向自己脖颈的锁链:

统治者为政假如有过失,上天就降下灾害,表示谴责和警告;如果不知悔改,就出现怪异惊骇;若还懵懵懂懂我行我素,天心震怒,到时就大祸临头悔之晚矣。

董仲舒絮絮叨叨高庙高园两把火,言外之意,不就是拿老天压朕吗?

其实,刘彻一直没有忘记,董仲舒这套理论还有很关键的一句:"天子受命于天!"然而,对于这句话,他与董仲舒有不同的理解。

刘彻需要的只是一副精致的枷锁,把所有的臣民一层层禁锢在脚下,就像一座金字塔,却从未想过自己也钻入一个绳套——他理想的天人学说,再怎么"受命于天",皇帝也必须站在权力链的顶端,绝不接受任何形式的制约。而董仲舒,这个迂腐得可爱的董仲舒,竟想凭着几篇文章,便踮起脚尖往朕的头上跃跃欲试了。谴告?千万不能让他开了这个先例,不然以后这群狂儒真会自认为是天意的传达者,理直气壮地对政务指手画脚喷喷不休的。

于是,刘彻和董仲舒师徒开了个不大不小的玩笑。他一开始就不打算杀了董仲舒,因为他要让天下人都知道:董仲舒的错,只是这一次对天意的谬误传达,而不是说高高的天上从来没有天意,更不是说天意不用听从;只是,要听从的不是鄙儒的歪解曲释,而只能是天命的承载者、天之子——至高无上的皇帝——所受命所理解的天意!

这才是刘彻需要的"天子受命于天"!

汉末史家褚少孙补缀《史记》时,提到过一件事,很能说明刘彻的这种自信。有次刘彻挑了一个日子,召集所有研究天象的专家,星占、卜筮、堪舆、历法等,也包括儒生,让他们合议吉凶;结果各派意见不一,辩讼难决;最后刘彻不耐烦,干脆自己拍了板。

刘彻选日，是要娶妇。可以想象，当时的汉武何等意气风发。

无论刘彻敲打董仲舒是否真正出于以上动机，有一个事实不容否认：由于立场不同，在阐释"受命于天"时，君臣之间必然会出现分歧。

双方的矛盾其实不可调节，因为他们争夺的，是世间终极的权力。换句话说，就是以董仲舒为代表的儒生，试图对刘彻的皇权进行约束。

董仲舒并不是第一个这样做的人，儒家也不是唯一一个有如此主张的学说。实际上，限制君主的权力，消弭可能的暴政，是所有学派共同的目标。孔孟自不必说，即使法家也有"上约君"的理想，而道家倡导君主无为，还是殊途同归。

戏法人人会变，奥妙各不相同。董仲舒祭起的法宝，是天命。他坚信，那个永远无法抵达的至高之处，每时每刻都有一双威严的巨眼俯视着大地，俯视着每个人的一举一动，然后依据某个亘古不变的法则，公正地做出奖励或是惩罚——山崩地裂、洪水酷旱、狂风大火，这些可怕的灾害，就是老天严厉的手段。

为了证实这种来自神界的力量，董仲舒将世间万物分解为玄妙而诡异的数字，演化成阴阳、五行，一一在云端深处寻找着对应。

人骨三百六十六节，一年三百六十五天；人有五脏，天有五行；人有四肢，天有四季……不知多少次，董仲舒被自己的推算感动得潸然泪下，他再不怀疑，自己已经掌握了宇宙间的至理。

董仲舒甚至认为自己拥有了干预自然的能力。他的确也这样试验过。做相江都时，有一年江南大旱，根据自己的多年心得，董仲舒认为这是"阳气过盛，遏绝阴气"的后果；于是，他出手来调节阴阳了。

南方属阳，北方属阴。因此董仲舒命令江都城中，所有朝南的门都关紧，所有朝北的门都打开；男人属阳，女人属阴，因此全城男人一律躲在家里，女人们则统统身披黑袍，跑到野外大喊大叫。

然后布置一个祭坛，摆放上清酒、猪肉、公鸡、盐巴等供品；还要在坛前的空地上用泥土堆出一大七小八条龙；再在边上挖一口八尺方、一尺深的水池，放入五只活蛤蟆；最后找来八个童男童女，穿上青色的衣服，围着土龙又唱又跳。

如此这般摆布停当之后，主祭董仲舒盛装登台，率领江都国君臣百姓三跪九拜，凝神静气，仰天喃喃祷祝，祈求老天下雨。

据说，董仲舒的这套颇具仪式感的法术相当灵验，每次都能见效，而且不仅能求雨，颠倒过来用还可以止雨。这大概才是刘非对他不敢造次的真正原因吧。

祭坛前的董仲舒，与其说是儒学大家，更像是一个巫师神棍。

传说仓颉造字那夜,有人听到了鬼哭;那么,董仲舒以阴阳二气解释儒家经典的那些个夜晚,孔子的坟头到底有没有异响?

历代都有学者指出,董子的学术其实相当驳杂,儒学之外,掺杂了很多墨家、神仙、黄老,甚至刑名的内容。

学术质地上,三位主要当事人半斤八两。与公孙弘与刘彻一样,董仲舒的儒学同样不够纯粹。

事实上,经考证,"罢黜百家、独尊儒术"的说法,要到二十世纪二十年代才被提出,更多是为了配合当时思想解放的革命思潮。文献记载,董仲舒奏疏的原话,其实是"推明孔氏,抑黜百家",而刘彻推行的则是"罢黜百家,表章六经"。虽然六经,形式上仍是《诗》《书》《礼》《易》《乐》《春秋》六部儒家经典,但传到董仲舒时,已经掺杂了很多道家、法家乃至阴阳方术家的思想,早已不是孔子时期,"不语怪力乱神"的原貌。

流传过程中,儒学不仅被做加法,同时也不断被做减法。就像任何进宫听差的男人都得先阉割,再伟大的学说,若要推荐给君主,也得打磨去过于锋利的棱角。某种程度上,儒学朝向皇宫的每一步前进,都得伴随一次自觉的净身。

两千多年后,回想起汉武帝与董仲舒合力促成的这场儒学复兴运动,龚自珍仍然唏嘘不已:"不知古九流,存亡今孰多?或言儒先亡，此语又如何？"

引人深思的是，董仲舒在后世，却得到了很多学者的认可，其中包括孔子之后最具影响力的大儒——朱熹。更令人意外的是，高倡无神论的王充也是他的支持者，他竟然甚至如此赞扬董老夫子："文王之文在孔子，孔子之文在仲舒。"

当然，王充也指出，土龙求雨是荒诞不经的，不过他能理解董仲舒的苦心。正如南宋学者赵彦卫所言："（董仲舒）惓惓爱君之心，以为人主无所畏，惟畏天畏祖宗，故委曲推类而言之，庶有警悟，学者未可遽少之也。"

遗憾的是，他试图警悟的刘彻，是几千年来少有的雄主，并且正值心比天高、百无禁忌的盛年。

既是雄主，便不会被任何一种旁人的思想所束缚。

董仲舒自以为窥破天地奥秘的天人三策，不过是摆在刘彻面前上百份对策中的一份。在他看来，儒家的天人感应，其实与前朝焚书坑儒一样，只是统治思想的权术罢了——但刘彻也承认，相比秦始皇的粗暴手段，董夫子的这套春秋大一统，实在是高明多了。

当刘彻看到，董夫子最得意的弟子，无比激烈地攻击着乃师所阐释的天意时，心里一定在暗暗发笑。但这是他预料中的：儒生向来党同伐异，对来路不明的学术，必然如临大敌，不驳个体无完肤绝不肯罢休。

历代帝王中，汉武帝对于求仙的狂热与虔诚，少有人比。然而，某种意义上，却可以说，早在即位之初，他便已经亲手弑杀了神灵。

董仲舒毕竟是个明白人，出狱之后，终生不敢再谈灾异。

公元前121年，董仲舒在胶西国相任上称病辞职，从此再不出仕，在长安陋巷著书讲学，度过了余生。虽然清苦，但他的晚年很太平，也得到了相当的尊重：对于识时务的人，刘彻还是不会太亏待的，每逢朝廷商议大事，他都会派人到董仲舒家中咨询意见。

经常被刘彻派来请教的官员中，级别最高的是张汤。张汤是当时头号酷吏，历任廷尉、御史大夫等要职，由九卿而三公，极其得宠。

张汤为人与公孙弘有类似之处。决狱之前，先向刘彻说明缘由，刘彻许可，他就制为律令执行，刘彻反对，他就主动承担责任推倒重来；对于涉案人犯，重办还是轻释，做死还是做活，全依刘彻意图发落。

妙就妙在，无论轻重死活，张汤都能用儒家的经义将狱情诠释得滴水不漏，旁人想指摘也找不出空子。而用《春秋》断狱，正是董仲舒独步天下的绝学。

人生的最后阶段,董仲舒看起来与刘彻、张汤合作得很愉快,大家一团和气。

公元前104年,董仲舒老死于家中。除了一部凝聚毕生心血的《春秋繁露》,他还留下了一篇赋,文字迷惘而感伤,其中有这样的句子:

"鬼神不能以正人事之变戾兮,圣贤亦不能开愚夫之违惑。"

董仲舒将这篇赋,取名为《士不遇赋》。

在董仲舒逝世十七年后,七十一岁的刘彻也被葬入了茂陵。

晚年的刘彻,体弱多病,脾气暴躁,老疑心有人害他。而他想象中的阴谋,大多是些诅咒人偶之类荒唐的方式。

与大多数老人一样,随着年龄增长,刘彻的迷信越来越严重。尤其是求仙无果长生无望,眼看着死神的脚步越来越近,他的恐惧越来越不可抑制,到了最后几年,简直有些歇斯底里了——为了找出会致他死命的邪恶人偶,他竟然派人在皇宫中到处挖掘,以至于连皇后和太子都找不到一块平地搁床(最终他们都死于这场子虚乌有的巫蛊之祸)。

又一个深夜,刘彻惨叫着惊醒过来。他再次梦到了几千个青面獠牙的木人嗥叫着扑上身来撕扯、噬咬。

喘息着擦拭额头的冷汗，他忽然记起了死去多年的董仲舒。就在刚才，他想到了另一个比死亡还要可怕的问题：按照儒生的排演，汉家属于土德，而根据五行学说，木能克土，连日梦见木人索命，莫非……

刘彻浑身战栗起来，再不敢细想下去。他竭力控制住自己的情绪，命宫女把自己慢慢搀扶到了殿外。

最近，他常常会产生一种年轻时很少出现的念头，老想着好好看一看天。

夜色如漆，刘彻的眼中一片混沌。

他感到寒意彻骨，有种虚脱般的疲惫。

思想对于政治的影响往往要拉开距离才能看得更清楚。

清学者赵翼在《廿二史劄记校证》中指出：两汉诏书多畏惧之词，尤其是出现异常天象，如日食地震旱涝时，往往会有"朕之不明""朕甚自耻"，甚至"朕以无德"之类分量极重的自责文字。

他总结道，这类诏书一般都出自继体守文的君主，虽然缺少高祖和武帝的英气，但对天命小心谨畏，倒也多能蒙业而安——

所以，两汉末世，尽管多有庸主，但并未出现暴君。

相关史略：

公元前194年，曹参为齐丞相，尽召长老诸生，问所以治国，得胶西盖公，为言黄老；曹参以之治齐九年，齐国安集，大称贤相。黄老之术，始于战国盛于西汉，假托黄帝老子之名，改造道家学说，倡导"无为而治""与民休息"。汉初诸帝鉴于秦速亡教训，以此治国。

公元前140年，景帝崩，武帝即位，遣使以安车蒲轮，征迎大儒申公问治国之事；时申公已八十余岁，答云："为治者不在多言，顾力行何如耳。"武帝默然。

公元前139年，申公弟子御史大夫赵绾、郎中令王臧自杀于狱中。二人因上书武帝建议不再向祖母窦太后奏报政事而被窦下狱，深层原因为窦不满赵王二人倡议推行儒术。

公元前135年，窦太后病逝，年七十一。窦极尚黄老，景帝时曾召辕固讨论《老子》；固曰："此家人言矣。"窦大怒，令固入兽圈刺杀野猪；景帝知辕固无罪，予其利剑方免于难。窦卒当年，武帝即任喜好儒术的田蚡为丞相。

公元前134年，武帝命郡国各举孝廉一人，此为举孝廉之始；又命举"贤良""文学"，亲临策试。

公元前124年，武帝在长安建太学，置五经博士，并为博士设弟子员，额定五十人，每年考试，能通一艺以上得补吏，高第可以为郎中。

公元前117年，大司农颜异以"腹诽"罪处死。武帝时"禁网寖密"："律令凡三百五十九章，大辟四百九条，千八百八十二事，死罪决事比万三千四百七十二事，文书盈于几阁，典者不能遍睹。"

公元前110年，武帝登泰山封禅，追命即位以来年号，并定该年为元封元年，中国王朝使用年号自此始。

宣帝以严法治国，"所用多文法吏，以刑名绳下"；太子好儒，建言曰："陛下持刑太深，宜用儒生。"宣帝作色曰："汉家自有制度，本以霸王道杂之，奈何纯任德教？"

宣帝崩，太子继位，是为元帝。拜孔子十二世孙孔霸为太师，封关内侯，食邑八百户，号褒成君。孔霸卒，由其长子孔福袭封，是为孔子嫡裔爵位世袭之始。

出　塞

在第聂伯河的下游，有一块名为普里柏特的沼泽，面积约有爱尔兰大小。在欧洲人眼里，深不见底的普里柏特属于死神的领地，除了毒蛇和幽灵，所有进入它的活人都将遭到没顶之灾。

公元374年的冬天，沼泽的西岸，却出现了一群疲惫的骑士。不知道是不是得到了魔鬼的庇佑，他们竟然不可思议地走通了这片被诅咒过的泥淖。当再一次踏上坚硬的土地，面对着神迹一般出现在眼前的乌克兰草原，他们满是冻伤的大手不约而同地握住了悬在马鞍上的弯刀。

这群人颧骨突出鼻梁扁塌，在欧洲人看来，无论相貌还是服饰，都极其粗野古怪。因此，从一开始，欧洲人对他们就产生了莫名的畏惧。大约从三世纪末起，欧洲的史书开始有了这群人的零碎记录，但几乎所有的记录中，他们的形象都是邪恶和恐怖的，哥特人甚至传说，那是些巫婆与恶魔在荒野交合所产生的妖怪；罗马著名历史学家阿米亚诺斯则如此描述这群人：

"他们身材又粗又矮，有强壮的四肢、粗壮的脖颈，脑袋出奇地大，形态丑陋，看起来很像两条腿的野兽。

"这些人虽具人形，但在生活上是极其野蛮的，他们不用火来烹调食物，也不用任何调味品。他们的食物只是野生植物的根，和不论是什么野兽的半生的肉。他们只将兽肉放在他们的大腿与马背间温一下就生吃下去。

"他们没有房屋，躲避房屋如同躲避坟墓一样。他们只是在山林之中漫游，自幼就学会了忍饥耐渴，不怕寒凉的本领。

"他们穿着用麻布或地鼠皮缝制的衣服，衣服一经穿上后，就不再脱下来，也不更换，一直到腐烂在身上，不能再穿时为止。

"他们不善于徒步作战，而是整天骑在马上。马很强壮，但是很难看。他们在马上度过一生，在马上做买卖，在马上饮食，将头俯在马脖子上酣睡，在马上做梦。如有重要事情需要讨论，他们就骑在马上开会。"

这些几乎与马融为一体的人，被西方学者称为"hun"；很多人认为，"hun"的中文同义词，便是匈奴。

匈奴的每一次出场，几乎都伴随着死亡和乌云——不止一个侥幸生还的对手回忆，他们射出的箭，会在刹那之间遮住阳光。

战场上，遭遇这群骑士绝对是一场噩梦，用六世纪哥特历史学家约丹尼斯的话说，他们的马蹄能踏碎所有的一切："一个至今为止不为人知的种族从遥远世界的角落里冒出来，像一阵从高山中骤然而降的暴风雪，将一切挡在它们前进道路上的物体连根拔起、毁灭殆尽。"

匈奴西进，引起了欧洲的剧烈动荡。公元396年，有位罗马人曾这样哀叹："匈奴人袭击阿兰人，阿兰人袭击哥特人，哥特人袭击汪达尔人和萨尔马忒人，从伊利里亚被驱赶出来的哥特人又来驱赶我们。这事的结果还无法预料。"

公元476年，西罗马帝国灭亡。虽然不是直接亡在匈奴人手里，但毫无疑问，就像多米诺骨牌游戏，虽然隔着好几重恩怨，但它的倒下，其实也由匈奴触发。

但匈奴人为何会突然出现在第聂伯河畔呢？顺着他们的来路一直追溯上去，过沙漠、过雪山、过戈壁，终于有一天，人们摸到了东方，摸到了这股破坏力量的源头，摸到了那块启动这场连环征伐的最初骨牌。

惊魂未定的基督教士们声称，匈奴是上帝派遣来惩罚堕落国民的"上帝之鞭"，而匈奴的后背，其实也被一条绵延万里的长鞭狠狠抽打着。

长城，中国的长城。

在跨越第聂伯河之前,有很长一段时间,他们与中华帝国,只隔着一道长城。

公元前318年。《史记·秦本纪》载:"韩、赵、魏、燕、齐帅匈奴共攻秦。"

这是中国文献对"匈奴"这个名词的最早记录。

直到今天,学界在匈奴的起源和人种问题上仍然存在广泛争议,甚至连其名称由来,也说法不一。有人认为,古时候"匈"与"凶"通用,"奴"则是蔑称,所谓匈奴,其实是华夏族立场的一种侮辱性称谓。还有人说,"匈"在甲骨文中是弓箭的象形字,称之为匈奴,是因为他们善于用箭。

早期的匈奴,只是阴山脚下的一个松散部落联盟。但从战国后期开始,他们便开始了迅速扩张。到公元前三世纪末至二世纪初,已经创立了一个版图不亚于秦汉的强大国家:势力范围东达辽东、西逾葱岭、北抵贝加尔湖、南侵河套,整个蒙古高原以及西域,所有国家部落,无论大小,悉数俯首称臣。

连西汉王朝都吃过匈奴的大亏。

秦朝时,匈奴曾经遭受过一次重创,被秦将蒙恬打得后退七百多里。秦始皇随即将秦、赵、燕等国抵御胡族骚扰的关塞连接起来,夯筑成一道坚固的防线,将匈奴隔绝在了帝国的北方,是为长城。但没过几年秦就亡了，天下大乱，匈奴乘机卷土重来，并不断突破长城，南下烧杀劫掠。

公元前 201 年，刘邦探知匈奴单于冒顿企图攻打太原，便亲率大军前往迎击，轻敌冒进，被匈奴在平城的白登山围了七天七夜；粮草耗尽，又值大雪，饥寒交迫，危在旦夕，最后幸亏陈平走通了冒顿的阏氏（即妻妾）的路子，才得以脱险。

围山之时，为了显示实力，匈奴人竟然将四十万匹战马，按毛色分为白、青、红、黑四个阵营，分别在汉军的四个方向耀武扬威。

万马嘶鸣之际，刘邦的生死，甚至大汉王朝的走向，事实上已经在匈奴的一念之间，秦亡之后，好不容易重新拼合的中华，就此被打回战国，也不无可能。

白登山下，他们何等意气风发。然而，当庞大的西罗马帝国轰然坍塌时，在中国，乃至整个亚洲，竟然已经再也找不出一个作为独立族群存在的纯粹匈奴。

就像一条河汹涌而来，却悄无声息地干涸在大漠深处，在将欧洲搅得天翻地覆之前，这个差点改写中国历史的马背帝国，先消失在了世界的东方，消失在了长城以北、他们曾经的故乡。

真正对匈奴挥舞起鞭子的，是汉武帝。

刘邦败归之后，汉王朝一直对匈奴保持守势，用粮食、布匹与女人，换取边境的安宁。以"和亲"的名义，至少有九位少女，被送入了单于的军帐。面对北邻，长安的君臣们简直已经习惯了忍气吞声——

连匈奴单于用鳏夫寡妇来调戏吕后，都不敢发作，反而强作欢笑讨好奉承。

从高祖到景帝，长城内外，这种严重不平等的屈辱状态足足延续了七十年。

公元前135年，匈奴的军臣单于，又从长安城迎来了一位公主。这已经是他的第四位汉族新娘。轻车熟路，老新郎早已习惯了未央宫调教出的低眉顺眼，而他名分上的丈人刘彻，年仅二十一岁的大汉皇帝，更是令他不屑一顾。

但他万万不会想到，这位乳臭未干的老丈人，居然有胆量向自己发起挑战。

公元前133年，刘彻，即后来的汉武帝，在马邑（今山西朔州）埋下重兵，试图诱杀军臣单于，对匈奴实施斩首行动。侥幸逃脱后，匈奴人开始了疯狂的报复。不料，几场恶战打下来，他们却惊惧地发现，自己竟然有些力不从心了。

马邑之围，虽然未能成功，但就此拉开了汉王朝反攻匈奴的大幕。

公元前127年,汉武帝派卫青收复河南地,即贺兰山、阴山和鄂尔多斯高原之间一块水草肥美的冲积平原,于其地设五原郡与朔方郡。

公元前124年,卫青疾驰七百里,夜袭匈奴右贤王部,俘获部众牛羊无数;次年再两出漠南,重创匈奴精锐。

公元前121年,汉武帝派霍去病夺取河西,于其地设武威、酒泉二郡。

公元前119年,卫青、霍去病各率五万骑兵分两路出击漠北,卫青击溃匈奴主力,伊稚斜单于只带了数百亲随夜逃;霍去病则奔袭两千里,追歼左贤王七万余人,在狼居胥山(今蒙古国境内)筑坛祭天,勒功而返。

河南,漠南,河西,漠北,重拳一记接着一记。在汉武帝越来越凌厉的连续打击下,匈奴的根基终于开始动摇,从此走向衰弱,再也不敢大举南下,如《汉书》所云:"由是远遁,而漠南无王庭。"

肃清匈奴之后,汉武帝在秦长城以北,修建了一条西起甘肃敦煌,东至朝鲜平壤,北抵蒙古国,长达一万多公里的新长城——这条深入草原大漠,由城墙、烽燧、古堡、亭障等组成的超大型防御工事,在汉代书简中被称为"塞"——如果加上归附的西域诸国,几乎将帝国的疆域整整扩充了两倍。

马踏匈奴。随着国界的不断西扩北移，白登山留给大汉王朝的阴影终于彻底消散。然而，扬眉吐气过后，武帝却没能得到太多的赞誉，相反，当时的舆论有意无意地淡化着他在军事上的成就。

《汉书·武帝纪》没有一个字提及他驱逐匈奴的功业，反而惋叹，以其雄才大略，如果能够延续文景二帝的恭俭仁爱，那么即便与上古帝王相比，也不会逊色多少。《武五子传赞》的贬责之意更加明显，说他在位五十四年，却有三十多年在打仗，死人无数，须知战争就像玩火，不懂收敛必然会烧到自己；还引经据典教训说："是以仓颉作书，止戈为武。圣人以武禁暴整乱，止息兵戈，非以为残而兴纵之也。"

宣帝即位之初，诏令众大臣评议武帝的尊号和庙乐。居然有人提出，武帝无功德于民，不宜为立庙乐。

身后事暂且不提。公元前 89 年，武帝下了一道著名的《轮台诏》，言辞恳切，被后人视作帝王真心忏悔的"哀痛之诏"。在诏书中，武帝坦承自己的政策有重大错误，否定了将战争进行到底的计划，表示今后将把治理重心转移到安抚百姓发展农耕上来。同一年，他还在公开场合说过这样的话："朕即位以来，所为狂悖，使天下愁苦，不可追悔。至今事有伤害百姓，糜费天下者，悉罢之。"

下诏之后，武帝再不出军。

两年后，武帝逝世。

他人批评也好，自身追悔也罢，都是基于这样一个事实：为驱逐匈奴，大汉王朝付出了过于昂贵的代价。

"师出三十余年，天下户口减半。"（《汉书·五行志》）

"师行三十二年，海内虚耗。"（《汉书·西域传》）

这样的文字可能过于空泛，不妨来核算一下，漠南、河西、漠北，这三场奠定了汉王朝胜局的战役，敌我损失的报表。

漠南之战，卫青前后斩获首虏一万九千余级；汉失亡两将军、三千余骑，战马死者十余万。

霍去病两战河西，其一斩杀匈奴八千九百六十人，自损七千；其二斩杀匈奴三万，汉则"大率减什三"，损失约合九千人。

漠北之战，卫青霍去病两路合计获首虏九万余；汉兵死者数万，出塞马匹十四万，复入者不满三万。

这还只是胜仗。

公元前129年，卫青至龙城，获首虏七百人；此役汉军丧师二万。

公元前99年，李广利将三万骑出酒泉，与右贤王战于天山，初战斩首虏万余级；归途遇伏，丧师二万余。

公元前90年，李广利复将七万骑出五原，先胜后败，投降，全军覆没。

粗略统计，武帝一朝，从卫青、霍去病到李广利，共斩降匈奴二十三万，而战死的汉军将士也高达三十余万，马更是损失数十万匹。

根据《史记·平准书》概算，武帝仅用在赏赐伐匈功臣的费用就高达四百多亿，这还不包括装备、漕运、战马的损失；单独计算，仅河西之役即耗费一百多亿——即便是年景最好时，帝国全年赋税收入还不足一百亿。

伤敌八百自损一千，这笔账无论怎么算，不说同归于尽，也是不计成本的打法。与其说是武帝打垮了匈奴，不如说是中国以倾国之力耗垮了匈奴。

直到今天，还有很多史家认为汉对匈奴的胜利，关键并不在武帝，如吕思勉就认为，那不过是汉王朝几代休养积累下来的"中国国力为之"，即便没有武帝，别人也照样能做到，或许还做得更好；至于武帝，"功不掩其罪也"。

武帝末年，"天下虚耗，人复相食"，各地饥民纷纷起义，大汉王朝命悬一线，已经走到了崩溃的边缘。

"欲兴圣统，唯在择任将相哉！唯在择任将相哉！"

司马迁用这样的感叹结束了《匈奴列传》。虽然只有短短一百多字，但这却是整部《史记》最为闪烁其词的论赞之一。从孔子著

《春秋》谈到选贤用将，司马迁就是不肯正面评论武帝征伐匈奴的功过。显然，他的心情也很复杂。

匈奴是一定要打的，但武帝采取的，是最佳的打法吗？

结合其他篇目，司马迁对卫青、霍去病也多多少少存在一些看法。一方面，他肯定两人在汉匈战争中建立的盖世之功；另一方面，也指出了他们的不少毛病。比如，卫青明哲保身，"以和柔自媚于上""天下之贤士大夫毋称焉"；霍去病则不体恤部下，远征塞外，粮食供应困难，皇帝赏赐的鱼肉自己吃不完，宁肯腐烂一车车倒掉，也不肯分给将士们；士卒饥寒愁苦，几乎站不起来了，他还要命人平整场地踢球作乐。可以想象，汉军的伤亡中，必然有不少倒在战场以外。

游牧民族向来都崇拜狼，他们也被长城以南的汉族人视作与狼一样凶悍的部族，不过卫青霍去病的打法，却比狼更像狼，甚至敢不带粮草横穿大漠，这样挑战极限、有进无退的玩命打法，令自命为"天之骄子"的匈奴勇士都瞠目结舌。

没有什么"上兵伐谋""不战而屈人之兵"，没有拐弯抹角，不会保留实力，甚至不必排兵布阵，几十年的战争其实很简单，就是两头狼扭在一起在血淋淋地撕咬——直到其中一头断气，或者落荒而逃为止。

司马迁说，匈奴发动攻击时，都会选择月圆之夜——圆月下的大漠,狼嗥声悠长而凄厉。

仔细倾听,最雄浑的那声号叫,或许传自遥远的南方。

传自飞檐斗拱的未央宫中。

谈什么"择任将相"——卫青也好,霍去病也好,不过尽是武帝伸向大漠的两只狼爪罢了。

事实上,这是游牧与农耕、两大部族的青年之战。

匈奴的"匈",还有人说是商周时期北方古族"猃允"的合音——很多学者认为,匈奴应该由多个北方游牧民族兼并融合而成,其中便包括猃允。

秦始皇统一六国时,草原上,匈奴也在冒顿单于率领下进行着同样的事业。如果将汉视为秦的延续,有史以来,长城内外的第一次大集结,几乎同时完成。也就是说,汉匈两大帝国,都刚开启历史的新阶段,牛刀小试、雏鹰初啼。

毋庸讳言,南北两大部族的碰撞,南方的农耕帝国并不占优势。不过,幸运的是,热血与激情,替汉王朝补上了这块天生的短板。

如前所述,决定对匈奴转守为攻时,汉武帝二十三岁。

率八百轻骑,孤军深入大漠数百里寻歼匈奴时,霍去病十七岁。

史书虽然没有记载卫青的确切生年，但作为卫皇后的弟弟，他的年龄应该比武帝还小上几岁，军功封侯之时也只有二十多岁。

年轻可以创造任何奇迹，何况还有一个强大的新生帝国，能为他们的疯狂与梦想，提供源源不断的能量。

或许，这也是李广的悲哀所在。这位以勇猛著称的飞将军，在反攻匈奴时却一再挫败，最终自刎而死。时人将其不幸归结为命运，但从战术角度，作为帝国防御阶段的杰出守将，他其实已经被卫青与霍去病远远抛在了马后。

出征途中李广多次迷路。无边无垠的黄沙间，老将军的背影，显得格外落寞。

少年易老。之后的两千多年间，长城以南再也没有组织过如此壮烈的北攻，即便是李世民的唐与朱元璋的明。在这场漫长的南北对决中，北方铁骑轮番南下，南方帝国一再退缩，才是常态。

公元前110年，武帝亲自勒兵十八万，旌旗千余里，出长城，至朔方，向匈奴乌维单于挑战。他命人向单于传话："南越王的头已经悬挂在了长安北门下。现在你如能与我大汉放手一搏，我将亲自迎战；如若不能，速速南面称臣。何必远远逃窜到苦寒之地呢？"

乌维单于暴跳如雷，但冷静下来后，他还是避开了武帝的军队。

匈奴虽然遭到重创，但终武帝一朝都没有投降。武帝在长安特意造了一座宫邸，等待匈奴单于入朝称臣时居住；可是直到他病逝，那座宫邸仍然空着。

显而易见，为了驱逐匈奴，武帝取用的是最艰苦、最笨拙，也是最昂贵的战术。不过，除了将自己也训练成野狼，武帝似乎想不出还有其他更合适的办法。

"苦头我吃，清福你享，不是很好吗？"某次太子劝谏他节制用兵时，武帝曾对太子说过这样的话。口气中除了慨然自任的豪迈，也透露着莫大的无奈。

武帝大概忘了一个人。

贾谊，那个瘦弱的洛阳少年。在武帝的爷爷，也就是汉文帝在位时，曾经专门为帝国的"恐匈症"开过药方。

首先，他认为匈奴虽然看似强大，其实并不难对付。他估算过了，加上老幼妇雏，满打满算，匈奴最多只有一百来万人，而经过七十余年的休养生息，汉王朝的人口已经在三千万以上，差不多是匈奴的二十倍，他因此感慨："匈奴之众不过相当于汉朝的一个大县，拥有广大天下的汉朝被只有一县人口的匈奴所困扰，我深为当政者感到羞辱。"

有破必须有立，贾谊详细阐述了他的破匈策略。他将其归纳为

"三表"与"五饵",一言以概之,就是想方设法用汉族人的享受来诱惑、腐蚀匈奴:"车服以坏其目,饮食以坏其口,音声以坏其耳,宫室以坏其腹,荣辱以坏其心。"火到猪头烂,一旦匈奴养成对中原物产的依赖,朝廷不必劳民伤财派兵打仗,他们自己也会哭着喊着来投降,"其南面而归汉也,犹弱子之慕慈母也"。

贾谊对自己的方案很有信心,还主动向文帝请缨,希望能让他去掌管匈奴事务,他保证,如果按照他的计谋,一定可以勒住单于的脖子,置匈奴于死地。

同时,他还要抓住那个叛徒中行说,把他按倒在地,重重地鞭打。

行文间,贾谊隐然将中行说视作了大汉王朝最危险的敌人。

然而,如果抛开立场,他与中行说,在对汉匈国情的理解上,倒是一对知音。

中行说出生在燕,也就是今天北京一代,是个纯汉族人。

不过,他不是个纯爷们。他本是汉廷中的一名普通宦官,如果没有意外,将以屈膝弯腰的姿态在深宫内度过余生。但是在一次对匈奴的和亲中,中行说被告知,他被选中,作为随从陪着远嫁的公主一起上路。

中行说原本已经习惯了对一切逆来顺受,但这样的安排实在太残酷了：谁都知道，连流放都有遇赦的希望，而入匈却是一条绝对没有尽头的不归之路。有生以来，中行说第一次表示了拒绝。

没有人会在意一个卑贱宦官的抗议，这场帝国与帝国的婚礼依然按部就班地进行着。终于，中行说绝望了，他开始流着眼泪整理行装。最后，在一个阴霾的清晨，他被赶出宫门，粗暴地扶上了马背。

"我一定会成为你们最可怕的噩梦！"这是他离开长安城时说的最后一句话。当然，同样没有人会去聆听一个卑贱宦官的声音，何况他已经注定要老死并且腐烂在野草荒漠之间。

但是谁都没有料到，很快，这个被无辜放逐的残缺男人，就以一种极其剽悍的方式兑现了自己的诺言。

和亲队伍一到匈奴，中行说立即投降。他教会了匈奴人识字记数，千百年来，对自己的家当——多少奴隶、多少牛羊——匈奴人从来没有像现在这样心中有数过，这极大地提升了匈奴对武力的统筹水平。

而他对新同胞说得最多的，就是警告他们，千万不要被汉族人的纺织品与食物迷惑了。他提醒单于，匈奴的人口其实还抵不上汉朝的一个郡，之所以强盛，只在于饮食服饰完全与汉族人不同，自给自足，不必仰仗他们什么；可是，一旦匈奴人改变自己的习俗，也去喜好汉族人的玩意，那汉朝至多耗费国库十分之二的物资，匈奴人便会统统南趋归汉了。

因此，中行说向单于建议，以后如果汉族人再送丝帛绸缎一类的名贵衣物来，就让人穿着到草莽荆棘当中奔跑，自然会扯得稀烂，于是族人们就会知道，汉族人的衣物中看不中用，远不如我们自己的皮革毡裘；汉族人给的食物更是要抛得远远的，以告诉族人，天底下最好吃的东西还是我们自己的奶酪和牛羊。

不仅在生活习惯上面，中行说呼吁匈奴务必维持传统，他甚至挺身而出，不无蛮横地替匈奴捍卫落后的风俗。《史记》载有一段他与汉使的辩论：他一一驳斥了汉使对匈奴轻贱老人、父子兄弟共妻乱伦等陋习的指责，并嘲笑汉族人所谓的礼法尽管看起来有条有理，但都是些虚头巴脑的花架子：可怜你们这些虚伪的家伙，虽然衣服穿得齐整，帽子戴得漂亮，却只会夸夸其谈说大话，能有什么用处？

不久，汉廷接到的匈奴文书就变了模样。汉朝给匈奴的书信一般都长一尺一寸，而中行说却让单于用一尺二寸的规格回信，开头的问候也改成"天地所生日月所置匈奴大单于敬问汉皇帝无恙"，之后再开列索要物资的清单。

自从中行说入匈，长安方面明显感到匈奴的压力骤然间增大许多，不仅入侵频率愈发密集，而且往往都能打在要害——有了深知汉家地理的中行说的参谋，匈奴无异于如虎添翼。

中行说,这个曾经被所有人不屑一顾、垃圾一样丢弃的阉奴,就这样在光明正大的叛变中登上了历史舞台。

当来自祖国的使者在毡房内再次看到中行说时,他们应该会感到吃惊,因为眼前的中行说,已经几乎找不出多少猥琐阴柔的阉宦痕迹,而是动作干脆,目光凶狠,浑身散发着挑衅的气息,肤色也由原来不见天日的苍白变成了油亮的黝黑。

他一点也不想与老朋友叙旧,甚至不让他们开口:"你们不必废话,回去准备好粮食布匹,时间一到老老实实送来就是了。若是分量不足或以次充好,那么就等着我们自己进来放马吧!"声音虽然依旧有些尖细,却带着金属撞击的铿锵。

打发走沮丧的汉使,中行说长长嘘了口气。他为自己倒了一碗马奶酒,不知什么时候起,他发现自己真的爱上了这种有些腥膻的饮料。

奶酒一碗一碗下肚,中行说开始燥热,感到有股滚烫的浪潮在胸腹间左冲右突,拼命寻找着出口。他全身灼痛,又有了那种幻觉,似乎身体某处正在一寸寸抽枝发芽。他很想仰天嚎叫,喉咙却只能发出嘶哑的低喘,就像一头负伤的野兽。

霍然站起,面朝南方,中行说五官狰狞。

如果从效忠异族的角度看，汉家朝堂上，也有一个在某种程度上与中行说有相似之处的匈奴人。

金日磾。他本是匈奴休屠王的太子，在霍去病的追击下，休屠部损失惨重，休屠王被杀，余众四万余人只得投降。当时金日磾十四岁，也与母亲兄弟一起沦为大汉王朝的奴隶，被发配到宫中养马。后来被武帝提拔到身边当了亲近侍臣。金日磾对武帝忠心耿耿，曾在一次宫廷叛乱中舍身救主，令武帝逃过了一次刺杀；武帝对其也很信任，临终还向他托孤，请他和霍光一起辅佐新帝。

大汉皇帝是匈奴最大的对头，却被匈奴王子救了性命，这充分验证了武帝识人之准、用人之明。而金日磾之所以被武帝看中，不外乎"稳重"二字。

武帝最初见到金日磾是在一次宫廷宴会上。喝得兴起，武帝忽然想检阅御马，于是，所有的马匹都由马奴牵着依次在殿下走过。其间，武帝注意到，其中只有一人自始至终目不斜视——须知武帝身边嫔妃宫女无数，马奴们正是血气方刚的年纪，免不了乘人不备偷瞄几眼。这个唯一能够克制欲望的人就是金日磾。

当天，武帝便任命金日磾做了马监，之后不断升迁，"出则骖乘，入侍左右"，宠信无比。而金日磾则愈发守礼谨慎，严肃得连武帝都看不过去。金日磾有两个儿子，武帝很喜欢他们，常常抱在怀里戏弄；有次金日磾看到自己的儿子攀着武帝的脖子，便狠狠瞪着他，把孩子给吓哭了，武帝倒落了个老大没趣。孩子长大后，渐渐懂了人事，有时和宫女勾肩搭背，不幸又被老爸看见，金日磾竟因此杀了他；武帝原本大怒，但听了他的解释后，也不胜嘘唏。

如此坚忍的情节，通常出现在卧薪尝胆式的复仇故事里，金日磾身负国辱家恨，报复的理由甚至比中行说更充足。但金日磾却将对武帝和汉朝的忠诚带入了棺椁：去世之后，他被陪葬于武帝的孝陵，得到了帝国表彰忠臣的最高荣誉。

史载，金日磾身材魁梧，仪表堂堂，外形绝对是雄壮的男子汉；可是以他的性格行事来看，却比中行说这样的宦官还要遵守汉家的礼法。磾，本意是一种黑色的矿物染料，究竟是什么，将一个在草原长大，脉管里流淌着豪迈和不羁的牧马少年，浸染得本色全失？

中行说与金日磾二人，同样身不由己，同样托身异域，却发生了截然不同的蜕变：一个重新长出獠牙，另一个却被磨尽了棱角。

或许，这一切的起点都是那道城墙，那道将他们与过往一刀两断的城墙，那道他们到死也未能重新返回的城墙。

汉族人把北出长城称为出塞；站在匈奴的角度，南下长城同样也应该视作出塞。

在方向相反的出塞中，所有人的血缘基因，都将被重新组合。

中行说与金日磾，不过是这些被长城改造的人中，最突出的一对罢了。

明永乐年间，成祖朱棣北征，在河北张北一带发过这样的感慨："地势远见似高阜，致即又平也。"

穿过长城朝蒙古方向北上的人们经常会有这样的印象：一步高似一步，越往北走越高。视线极处是高大的山岭，可是上岭一看，整个岭北又是一块平地，而平地的尽头，依然是一脉高岭；如此周而复始，似乎永远没有尽头。

被长城隔开的匈奴与汉族之间，存在着巨大的落差。若论地理，匈奴自然高于汉族，可若论文化，汉族高出匈奴何止百倍。

武帝一朝，汉匈两败俱伤。然而汉朝调整国策后，短短十几年便恢复了元气；而匈奴却从此一蹶不振，一步步滑向萎靡。其中区别，国力差距过大固然是首要原因，但文化也在其中起了重要作用。

最表面的，匈奴尚武，缺少如汉族人的正统那样因文化积累而成的凝聚力。强盛之时，单于可凭借武力在形势上镇压全局，一旦被击败，单于的权威也就会遭到质疑，随即开始新一轮的王权争夺。重伤未愈，却自相残杀，无异于雪上加霜，越发加速了衰亡。

更尴尬的是，面对汉族人先进的文化，匈奴陷入了两难。一方面，他们被中行说告诫，要竭力保持原始的野性，因为这是最强悍的力量来源：食不厌精脍不厌细，与茹毛饮血，厮打起来前者必然不是后者的对手；另一方面，他们却根本无法抵挡汉族人通过衣食住行传达的文化渗透。地理上的高，的确可以占据军事主动，但同时也意味着苦寒与贫瘠。而追求舒适，是所有动物的天性，没有谁能够真正抵挡鲜衣美食的诱惑，即便是单于本人。与汉族人互市，用牛羊马匹交换稷米、丝绸、铜铁制品，是劫掠之外匈奴最热衷的活动，而在很多眼光犀利的汉族政论家看来，这正是弱化游牧民族最隐秘的软刀子。托名孔子八世孙撰写的《孔丛子》便曾谈到，互市，是用汉族人的无用之物换取胡人的战略物资，并使他们沉溺于锦衣玉食，逐渐丧失自己的优势，正与贾谊不谋而合。

匈奴人不会想得这么远，他们首先要满足的，只是不可抑制的欲望。仅从史籍所载匈奴对汉族人衣料的需求就可以看出，中行说的苦心最终落了空。

文帝时，汉送给匈奴"服绣袷绮衣、绣袷长襦、锦袷袍各一，绣十匹，锦三十匹，赤绨、绿缯各四十匹"，数量不算太大；武帝太始年间，狐鹿姑单于写信索要"杂缯万匹"；宣帝时，赐呼韩邪单于"锦绣縠杂帛八千匹、絮六千斤"；次年，"加衣百一十袭，锦帛九千匹，絮八千斤"。

值得指出的是，呼韩邪单于接受这些丰厚的赐物时，在汉都长安。

西汉"昭宣中兴"的同时，匈奴处境日益困窘，内部纷争激化，单于更迭频繁，甚至五单于争立。公元前 52 年，精疲力竭的呼韩邪单于向汉朝表示愿意投降，并在次年正月入长安朝见宣帝。

武帝逝世三十六年后，他建造的那座单于行邸，终于等到了主人。

当看到大单于向宣帝屈身下拜，呼韩邪身边的匈奴老臣们不禁泪流满面。

以狼为图腾的民族，总有人不甘心匍匐在长城脚下。

从呼韩邪投降开始，匈奴分裂为两部。背对着呼韩邪的方向，一群悲愤的武士上紧弓弦，磨快刀剑，打马走入了风雪。

三百多年间，他们一直在艰苦的流浪中寻觅新家园。直到那天，他们的眼前，出现了一块无边无涯的巨大沼泽。

从这一刻起，他们化身成了上帝的皮鞭。

对于留下的匈奴，长城就像一把篦子，每进出一次，就被梳去一点野性。

呼韩邪之后，虽然乘着两汉间的动乱，匈奴也曾有过几次骚动，但总的颓势还是没能逆转，匈奴的威胁继续在汉化过程中一点点消解。

从呼韩邪的儿子开始，匈奴在单于的称号前加了"若鞮"二字，汉译便是"孝"。而匈奴历史上最强大的单于、那位曾经在白登山围困刘邦的冒顿，生平最得意的壮举之一，就是射杀了自己的父亲。

王莽篡位，诏令国人姓名不得用两字，单于主动上书响应："幸得备藩臣，窃乐太平圣制，臣故名'囊知牙斯'，今谨更名曰'知'。"

光武定乱，匈奴遣使请求和亲，并请赐予中华音乐。

东汉明帝尚儒，为贵戚子弟设学堂，延请名师讲经，匈奴也把太子送来学习。

…………

反复的入塞出塞中，匈奴的命运逐渐与刘汉王朝连接在一起，再也梳理不清。

西晋末年，天下大乱。公元 304 年，刘渊在山西左国城称汉王，奉刘邦、刘秀、刘备为三祖，向天下人庄严宣告，他要光复汉家基业。

史载刘渊文武双全，尤其熟习诗书儒典。然而，他却是一个不折不扣的匈奴人，而且还是冒顿单于的嫡系后代；所谓的刘姓，源自早先和亲的汉家公主。

不过同汉朝一样，匈奴的气数也即将耗尽。刘渊的王朝只存在了二十七年。之后不久，又有两支匈奴分别创立了大夏和北凉两个政权，不过，短短二三十年后，也相继亡在了鲜卑人手里。

北方游牧民族的内迁，那失落的三个世纪，一个个像鲜卑这样新崛起的马背民族将长城扯得稀烂，洪水一般在中华大地上翻滚肆虐。

面对蛮横的后辈，磨钝爪牙的老迈匈奴无可奈何地被卷入了浪底。

最迟在公元五世纪中叶，中国的史书，就一笔笔撤下了匈奴的词条。

清理得那么彻底，就像西方文献记载的匈奴王葬礼：截断一条河，匈奴人将他们不可战胜的阿提拉大帝深深埋入河床——

当水闸再次开启，天高云淡，了无痕迹。

相关史略：

公元前215年，秦始皇北巡，遣大将蒙恬发兵三十万，北击匈奴。次年，夺河南地及榆中，即"城河上为塞"，始筑长城。

公元前209年，匈奴冒顿杀父夺权，随即西击月氏、南并楼烦、白洋，收复河南故地，统一大漠南北；控弦之士发展到三十余万人。

公元前192年，匈奴冒顿单于致函汉廷，调戏太后吕雉；吕雉大怒，然无可奈何，婉言相拒，并赠其车二乘、马二驷。

公元前133年，武帝命雁门富豪聂壹诈降，伏兵三十万，欲诱击匈奴；匈奴军臣单于率十万骑兵入塞，觉诈而还；自此匈奴绝和亲，岁岁入侵。

公元前129年，武帝始命卫青等出击匈奴。

公元前72年，宣帝命范明友、赵充国等五将军攻匈奴，出塞千几百里，匈奴仓皇奔走。

公元前60年，匈奴分裂，日逐王归汉；又过两年，裂为五部，互相攻杀。

公元前36年，西域副校尉陈汤攻斩北匈奴郅支单于，传首长安，上书奏报云："用以显示万里，凡冒犯中国者，虽远必诛。"

公元前33年，呼韩邪单于再入朝，元帝以宫女王嫱嫁之。

两汉之际，汉匈关系恶化，匈奴一度入侵上党、扶风、天水等郡，复成重患。

公元48年，匈奴再裂为南北两部，南匈奴内附，北匈奴退居漠北。

公元89年，汉将窦宪出朔方，大破北匈奴，逾塞三千里，登燕然山，刻石记功而还。二年后，汉复大举出击，将北匈奴逐出漠北。此后鲜卑族逐步西进，占据匈奴故地。

良二千石

直到张京兆的奏章流传开来，人们才隐约猜到，那群鸟的神秘出现，大概并不是偶然。

更有脑筋转得快的人发现，那群怪鸟若果真如奏章中所言是鹖雀的话，算起来和张京兆还是同乡，老家都在山西。

很快，长安坊间出现了这样的段子，说最近张京兆迷上了养鸟，在家里大的小的花的素的养了好几群，每天早晚还亲自喂食。只是喂食时，张京兆表情有些怪异，好像使劲憋着不让自己笑出声来，而嘴里则含糊不清地念叨着什么。

后来有人听清了，张京兆每撒出一把黍米，都会低骂一句："鸟人！"

段子讲到这里，说的和听的都会会心一笑，眼角却不由自主地越过重重叠叠的屋脊檐角，朝着丞相府的方向瞥去。

谁都知道，就是这群鸟，让堂堂黄大丞相栽了一个大跟头，燥得三天不敢出门；据说从此再听不得任何禽鸣鸟叫，连府中报晓的公鸡都杀了吃肉。

张京兆姓张名敞，时任京兆尹，也就是首都长安市市长；黄丞相则是黄霸，帝国蝉联多届的模范郡守，这年终于熬出了头，被宣帝提上了相位。

事情是这样的。这天，履新伊始的黄霸正在府中主持工作，忽然有几十只大鸟从天而降，呼啦啦停在了丞相府的屋顶。黄霸出来仔细一打量，发觉此鸟赤颊长尾，脑后还长了一对角状的白翎，平生从未见过，不禁又惊又喜，立马焚香净手，回到房中撰文，准备奏报给皇上。

黄霸把这群异鸟视为神雀，突然出现在他府中，无疑是上天对他辛勤工作的奖赏，当然，更是对天子慧眼识人的肯定，言下之意，便是朝廷拜他为相的决定无比英明。总之，这难得的祥瑞，不仅是他，同时也应该是皇上和整个帝国的荣耀，理当诏告天下，与万民分享。

报告这样的祥瑞，黄霸轻车熟路。他这辈子很有鸟缘，当地方官时，便经常上报有凤凰现身他的辖区，可见国泰民安四海升平，喜得皇帝再三下诏褒奖。

只是这次黄霸阴沟里翻了船：当他还在为这份喜报字斟句酌

时，张敞却大煞风景，抢先送上了一封奏章，一五一十向宣帝道破了真相。

张敞说，黄霸所称的神鸟，其实只是些鶡雀（现代学名褐马鸡）；对此他有足够多的证人，因为那天全国各地进京汇报工作的官员，刚好被召集起来在丞相府开表彰会，起码有几百人看到了这群鸟是从他家里飞过来的；另外，张敞还指出，鶡雀虽然在关中有些稀罕，但从边郡来的官吏应该不会陌生，可那天却也集体装糊涂，想来根子还得从丞相身上找。

宣帝连连称是，派人带着张敞的奏章，叫来黄霸好生训诫了一番。可怜黄丞相一团兴头，却被当面重重掴了一巴掌，落个老大尴尬，只能关起门来哀叹京城毕竟不同外郡，人心刁蛮，水深得可怕。

这起闹剧般的神雀事件，张敞被怀疑为幕后策划者，并不是没有道理。张京兆其人，做出任何事都不会有谁感觉意外。

张敞一生，近乎传奇，就连走入史书的姿势都卓尔不群。后世提起此公，第一反应就是联想到几个香艳的成语，比如"张敞画眉"，又比如"章台走马"。

张敞手里的笔，不仅能批阅文件定人生死，也能描出一副好妆——长安城里连卖菜的小贩都知道，张京兆每天起床后的第一件事，便是替夫人画眉，而且手艺绝妙，以至于每次京兆夫人在公众场合亮相，都会引发一轮新的眉饰潮流。

在市井间传得愈发生动的是，这位京兆大人丝毫没有当官的架子，每日退朝还故意骑上马，让人牵着穿过妓院密布也就是当今唤作红灯区的章台街；不绕道倒也罢了，经过这暧昧的街区时，张京兆还特意拿下用来遮面的团扇，露出自己高贵的面容，缓缓拍马而行，引得兴奋的妓女们尖叫不绝。

这两个成语虽然有趣，但也让张敞付出了不小的代价。张敞能力极强，不仅把京师治理得井井有条，每逢朝会议事，也总能拨云见日一语中的，朝廷处理许多军国大事都采纳了他的意见。宣帝好几次想要提拔他，但总有人以其为人轻佻，威仪不足为由反对，只得作罢。终其一生，他与丞相、御史大夫之类的三公宰辅屡屡擦肩，最大的官职止步于京兆尹。

若以官场失意的角度，张敞设计整蛊新任丞相黄霸，确实也有充足的动机。张黄的资历起点大致相同，治郡时也都有善绩，可谓差距不远；但二人水平高下其实早有验证：任相之前，黄霸也做过京兆尹，京城剧烦纷乱，号称天下第一难治，黄霸很快就因不能胜任被打回了原郡，而张敞则连任八九年，是整个西汉最著名的两个京兆尹之一。对于黄霸的升职，张敞想来是不甚服气的。

然而，若真以扳倒黄霸为目的，他其实完全可以等黄霸送交喜报后再上书，那时白纸黑字存档，事情就真搞大了，弄不好黄霸会背个欺君的重罪，撤职乃至杀头都有可能。

可最终，张敞只是搞了一场点到为止、要不了命的恶作剧。

这固然可以理解为张敞毕竟是个坦荡汉子，纵然黄霸能力有限，又喜欢沽名钓誉，但他也不能不承认，这终究能算个好官清官，起码非常照顾老百姓；对这个自称常常能见到凤凰的老家伙，下个鸟套耍弄一把，好歹出口鸟气也就够了。

不过，仔细再读那份奏章，却能发现，张敞此举，应该还有深意。

奏章的前半部分，张敞行文调侃戏谑无所不用，令人哭笑不得，但后半篇，他却凝重而诚挚，解释说自己并不敢故意找碴诋毁丞相，而是担心假如朝廷一时失察，真的给予嘉奖，那么上行下效，势必会破坏原本纯朴的民风，导致人心浮薄：堂堂京城岂能在全国带头搞欺骗——当然，地方上弄虚作假同样也不是小事；所以他呼吁，若有人敢以诡诈手段欺世盗名，必须严惩不贷。

应该说，后面这一段话更像是张敞上这份奏章的真正目的。以他的秉性，与其说他厌恶黄霸个人，不如说更厌恶某种习气。

敞者，开也，露也，画眉的后文愈发彰显了张敞的人如其名。终于，连深宫中的宣帝也听说了张敞的旖旎早课，有次朝会便当面询问是否真有此事，张敞坦然回答："我听说闺房之内，夫妻之间，还有比画眉更亲昵的事呢。"此言一出，包括宣帝，举朝神情忸怩，不知该说些什么好。

倜傥洒脱的张敞，早已经敏锐地发觉，以黄霸为代表的官员们，庄严的朝服下，隐藏着一种目前还不为大众察觉的毒素，如果不及时拔除，弥漫开来，很可能会导致整个王朝的堕落。

在《汉书》中，黄霸被载入《循吏传》。所谓循吏，即奉公守法的好官，以郡守级地方大员居多。就像后世的"青天老爷"，在两汉，他们也有个"良二千石"的美称——汉朝官员的俸禄以粮食结算，郡守一级年俸通常都是二千石。作为表彰整个王朝吏治的专门章节，能被此传收录的，更是良中之良，清正廉洁爱民如子、兴修水利劝课农桑只是基本操作，此外多少还得有几样独门功夫，至少死后受得起老百姓的香火和猪头。然而，细读此传，却能发现，班固在对他们赞誉有加的同时，也留下了不少耐得咀嚼的文字。

还是先说黄霸吧，在全国郡守评比时，他曾经被朝廷定为"天下第一"，堪称官员楷模，班固用笔也最多，原本就是《循吏传》的代表人物。

黄霸治郡，除了循吏共有的仁厚之外，另有一样特长：郡内诸事，无论巨细，甚至民间琐碎，似乎无所不知。有次他派人外出执行秘密任务，事成回报时，黄霸连连慰劳，说："你这一趟差实在辛苦，好不容易吃口饭都被鸟把肉给叼走了。"该员听了大吃一惊，因为他担心泄密不敢入住官驿，便在路边吃干粮，结果被乌鸦衔走了一块干肉。类似的言行黄霸还有很多，比如哪个路口有棵树够做棺材，哪个驿馆饲养的猪已经长成，随口说来，却分毫不差。搞得满郡吏民云里雾里，以为这位黄太守有神通，对他丝毫不敢有所隐瞒，匪徒更是纷纷逃离，治安因此越来越好。其实除了平时留心观察，更多只是故弄玄虚：比如乌鸦叼肉，不过是有个目睹此事的路人刚好前来官府办事，当新鲜事告诉了黄霸。

龚遂与黄霸齐名，合称"龚黄"，也是《循吏传》中的重要人物，卖剑买牛散寇为农，政绩同样可圈可点。可是在龚传末尾，班固却记了这么一笔。龚遂回京述职，带了一位酒徒王生；王生终日醉酒癫狂，直到进宫汇报那天，才醉醺醺地叫住龚遂，嘱咐他说，假如皇帝问你成功治理的原因是什么，你啥也别废话，只需回答不是我有本事，都是皇上领导英明；龚遂依言行事，宣帝果然大喜。

传中还有一位王成，是宣帝最早树立的郡守典型，但一死，便被人告发，其最重要的政绩，所谓安顿"流民八万余口"大有水分，纯属虚增数字以骗取奖赏。

韩延寿也值得一提。虽然他与张敞一样，因执掌京辅而另外入传，但其治郡模式，纯然属于循吏路数，甚至可以说是黄霸的老师：他与黄霸先后执政颍川，黄霸继任后，用的便是他的办法。有两件事很能够说明韩延寿的施政风格：其一是曾被下属欺瞒，察觉后却痛切自责："难道我有什么事做得不对，否则他们怎会如此对我！"当事人得知无地自容，有一人竟因此自刎。另一次是两兄弟争田，到他这里来打官司，延寿受理后，极其悲伤，声称自己为民长官，却导致骨肉争讼，如此伤风败俗，过错都在自己一人；当即称病不再视事；唬得阖郡惶恐，那两兄弟更是后悔不已，断发赤膊前来谢罪，互相推让，表示以后再也不争斗了。

摘录以上事例，尽管有责君子过苛之嫌，但汇集来看，这些循吏的确有着某种令张敞厌恶的共性。当然，可以笼统地把它称为虚伪或者做作，不过，假如再深挖下去，虚伪做作背后，还有更令人担忧的症结。

"循，顺也：上顺公法，下顺人情也。"这是唐学者颜师古对"循"的注解，以一个"顺"字点明了循吏的本质——两千多年后，曾国藩则用"软熟"一词悲叹晚清官场朽烂不可救药；而早在黄霸等人身上，"软熟"之苗已然萌芽。

黄霸的退场，再次证明了由"顺"到"软"到"熟"，只有一步之遥。

黄霸官宦生涯的最后一次危机，是他因越职举荐太尉人选，遭到宣帝的严厉责问，虽然最终未被处罚，但也大受了一场惊吓，从此至死噤口。

黄霸举荐的人是史高。史高虽说为人奸邪，但他是宣帝的舅父，最为得宠。

这记马屁似歪非歪。宣帝死后，史高当权，甚是看顾黄霸后人，黄霸"子孙为吏二千石者五六人"。

有循吏做对比，张敞官运的坎坷更多了些必然。事实上，在皇帝眼里，轻佻风流之类，根本算不得什么大毛病，他最欠缺的，恰恰就是那个"顺"字。

入仕之初，张敞便以放言直谏闻名，曾因此得罪执政的霍光，穿了多年小鞋；而他为政也勇决自用，做事图个痛快爽气，绝不肯按部就班，有时甚至执法犯法，凭着自己喜好办案。他的这种性格，在画眉和走马外，又为后人留下了另一个成语："五日京兆。"

京兆尹做到第九年时，张敞走了背运。他的一个好朋友，司马迁的外孙杨恽犯了死罪，他也被牵连，遭到弹劾。虽说宣帝迟迟没有做出最终判决，但其处境之危已是世人皆知了。

既然朝廷并未明确撤职，日常工作便得做下去。这天，张敞向他属下的贼捕掾，相当于现在刑警队长的一个小吏絮舜，布置了一桩任务，不料絮舜领命后却径直回到家里睡觉去了。旁人问他为啥不上班，他回答："这有什么，我给这老小子出的力也够多了，现在他不过是五日京兆，威风不了几天了，能拿我咋办？"

此人本是张敞一手提拔的心腹，得知此言，张敞气得七窍冒烟。但他没有像一般人那样落魄了就只会酸溜溜地感慨世态炎凉，而是采取了非常手段。

张敞立即发文，将絮舜缉拿归案。此时离立春只有数日，按法制入春后就不能再杀人；张敞便命人日夜拷问，上纲上线罗织罪名，短短几天竟将絮舜问成了死罪。行刑那天，张敞特意命人给絮舜带去一张字条："'五日京兆'又怎么样？现在虽然冬日将尽，但你还有可能活命吗？"

这事闹得不小，絮舜的家人用车拉着他的尸体，到处鸣冤上访。张敞因此被奏枉杀无辜，连皇帝都保不下来，只得缴还印绶，亡命他乡。

提起治下狠角，不妨再说说严延年。与黄霸刚好相反，严延年是《酷吏传》中的著名人物，所谓酷吏，指的是用法严峻，甚至残酷的官员——张敞也被很多史家视为酷吏。严延年与张敞交情很好，也在地方上做过很多年郡守。他首任外放是涿郡，而涿郡豪强横行，官府向来软弱；一下车，延年便派属吏赵绣搜集当地豪强头目高家的罪状；赵绣害怕高家势力，再说也摸不着新长官的底细，思来想去，干脆造了两份文书，一轻一重，轻的鸡毛蒜皮，重的抄家灭门，准备到时先读轻的，假若情形不对再递交重的；可当他见了严延年，还没宣读几句，延年便径直伸手从他怀里掏出了第二份文书，立马翻脸，当即将其逮捕，半夜入狱，天还没亮就押到市上，当着高家人的面砍了头。

延年治郡，凶悍好杀，每次处决犯人都要流血数里，因此还被称为"屠伯"。他很忌惮被人揣摩心思。故而人人以为罪大恶极的，他当堂释放；人人以为无关紧要的，偏要找出理由诛杀，而且文案做得无懈可击，告到通天都翻不了案。所以吏民无不诚惶诚恐，不敢为非作歹，倒也能得太平。

友以类聚，与张敞相似，严延年也相当鄙夷黄霸。他曾经和黄霸邻郡而治，有次他的辖区爆发蝗灾，便不阴不阳地对人发了句牢骚："我这里的蝗虫，大概就是飞来给他家喂凤凰的吧。"

严延年最终以怨谤朝廷的罪名被处死，这句话也是罪状之一。

顺便提一句，之前连累张敞的杨恽，也是由于说话皮里阳秋夹枪带棍，被宣帝判以妄议时政、大逆不道腰斩的。

张敞结交的，大都是这些不按常规出牌，而且还满嘴胡乱放炮的刺头。

是非曲直按下不论，这几桩公案隐含着一个引人深思的现象：武帝之后，但凡如张严之类棱角分明的，出路越来越狭窄，很少能得到好结局，而龚黄等圆滑浮伪的恭顺之臣，却开始大行其道。

古人云《汉书》可以下酒，读张敞、严延年传，醇烈畅快，叱咤生风；循吏传主则个个五官模糊，言语无味，寡淡如白水，久读令人昏昏欲睡。

社会由无数个体组成，按理个体的活力也就决定了社会的活力。吊诡的是，泼辣生猛的张敞被压制、矫饰驯顺的黄霸被重用的时代，竟然是西汉王朝两百多年中最接近太平的盛世——

昭宣中兴。

说是中兴，实质上无论国力之富，还是民众之安，昭宣时期都应该是两汉的巅峰——"文景之治"被后世视作盛世典范，据说粮价由汉初每石五千钱跌至每石十钱；而宣帝时，只要五钱一石，即使是最遥远的西北边塞，每石也不过八钱。

需要指出的是，这距离武帝末期"天下虚耗，人复相食"，只有短短几十年。顺带提一句，武帝打了一辈子匈奴，但匈奴单于真正投降，第一次来长安朝见大汉天子，也是在宣帝朝。

将昭宣中兴与武帝一朝两相比较，意味更觉深长。

而这样一个庞大帝国的迅速起死回生，说白了也很简单，不过还是"休养生息"四字，就像开国之初那样。只是昭宣的"休养生息"，与汉初又有所不同。汉初直到文景二帝，朝廷纯用黄老之术，宽松无为，等待帝国元气的自然恢复；而昭宣则是外儒内法，在尽量少生事，以避免干扰各阶层复苏的同时，也在悄然设置规矩，最终建立起一个不容破坏的王朝秩序。

这其实还是武帝晚年自己定下的方针。所谓昭宣中兴，霍光在其中起了很重要的作用，包括昭帝在位的全部十三年，连头带尾，霍光足足为刘家掌了二十来年的舵。而霍光，正是武帝亲自选定的托孤大臣。

史载，霍光性格最大的特征就是稳重。他在武帝身边侍奉了二十多年，谨小慎微，从未犯过任何错误，甚至每次出入宫殿，脚步都落在相同之处，分寸不差。

武帝时代，从天子到大臣，性格张扬到了极致，但也将帝国拖到了悬崖边上。武帝相信，霍光绝对能将脱轨太久的王朝马车，勒回到最平坦最安全的道路上来，并从此像他自己的步伐一样，日复一日年复一年，永不走歪。

"上顺公法，下顺人情也。"规矩是用来服从的。随着霍光稳如更鼓的橐橐靴声，自觉将毛发梳理顺滑的黄霸龚遂们，前途越来越光明。

《史记》的《循吏列传》只载先秦人物，而在班固的《汉书》中，《循吏传》六大传主，除文翁为景帝末年人，其余全都生活在宣帝时代。

天下太平。

当中兴与新秩序同时实现后，那个问题又逼到了眼前。

谁能回答：对于社会整体，个性与秩序，哪个更重要？

直到一百多年前，性格狂狷的章太炎，反思汉史，心情还无比矛盾，言辞更是苦涩悲凉："史公重视游侠，其所描写皆虎虎有生气；班氏反之，谓之乱世之奸雄，其言实亦有理。"

他的这段话是有感于班、马二人对待游侠的相反态度而发的。而某种意义上，张敞与严延年也可以归入侠的范畴。

除了前文所述事迹，张敞的侠气，在对待昌邑王时表现得更加明显。昌邑王刘贺，在昭帝和宣帝之间做过一任皇帝，但短短二十七天就以狂悖无道的名义，被霍光废了。皇位毕竟是从他手里夺来，宣帝即位后对这位废帝很不放心，便派了张敞前往监守。这样的安排其实暗藏杀机，因为刘贺在位时，张敞忧心国事，曾冒死进谏，差点惹出祸事，也算是结过梁子，而现在他只需汇报时暗示几句，比如心怀怨恨、韬晦待时什么的，便可斩草除根。这或许也是宣帝不能明说、但内心期待的。但张敞见了废帝战战兢兢的可怜相，却心怀恻隐，反而奏报其沉迷酒色，加之昏愚痴狂，既无心思也无能力造反，刘贺这才得以寿终。

严延年虽然残忍，但也有另外一面。他最喜欢打击豪强，对于弱者却百般扶助：穷人弱者犯了事，总要想方设法甚至曲解法令也要开脱他们；若是豪族大姓欺负百姓，他便深文周纳，不治死不甘心。

203

历代史书中，如设循酷两篇吏传，大都相连排列，但此二传并不能简单地以善恶或者忠奸来加以褒贬：至少在两汉，酷吏之所以为酷吏，除了手段毒辣，很大程度还是因其有一种挑战强权的癖好，甚至对手越强大越兴奋。比如列于《汉书·酷吏传》传首的郅都，秉性高傲，被称为"苍鹰"，在周亚夫红得发紫时也只揖不拜，执法更是不避贵戚，诸侯宗室对他又恨又怕；济南有三百余家豪族抱团鱼肉乡民，无人能制，郅都一到，马上开刀，杀得家家股栗，再也不敢为非作歹。而另一位酷吏宁成，还在做小吏时，便习惯欺凌上司，连郅都都受过他的侮辱。义纵本来当强盗，因姐姐得宠于太后而被洗底做官，可他一上任就重重法办了太后外孙的儿子。

遇强愈强，正是侠之本色。司马迁和班固也曾指出，许多酷吏都有任侠习气或者草莽背景：比如宁成"好气""为任侠"；义纵"少年时尝与张次公俱攻剽（打家劫舍），为群盗"；王温舒"少时椎埋（盗墓）为奸"。

然而，正所谓"侠以武犯禁、儒以文乱法"，锄强扶弱、快意恩仇，不服世俗不惧权威，江湖人赞赏的种种侠气，在官家眼里，却无一不是对规则的挑衅。

因此，侠，其实始终在朝廷的黑名单上。尤其在两汉，镇压豪侠，一直是地方官员最重要的考核指标。意外的是，下手最狠的，并不是捍卫秩序的循吏，反倒是具有同样气质的酷吏。毕竟彼此秉性相投，知根知底，知道打在哪里最要命。

镇压的效果，只要比较一下班马二公所录之游侠，便可一目了然。《史记·游侠列传》，朱家剧孟郭解等人，名满天下力折公卿，都是扶危济困的豪杰；而《汉书·游侠传》增补的萬章、楼护、陈遵、原涉等人，黯淡平庸，虽然被称为侠，只不过喜结交、好纵酒罢了，声威也一落千丈。最悲哀的还是，在官府面前，他们早已没有了任何抗拒的勇气。

比如原涉，号称一代大侠，但老家的县令一发火，居然被吓得用箭穿了自己的耳朵，赤膊前往衙门谢罪。

当然，酷吏大多也不得好死。鸡吃虫虎吃鸡。虽然江湖人看他们是官家，官家看他们却永远都是江湖人，也该一并除去，何况汉家惯会卸磨杀驴。

这大概就是张敞与严延年他们最大的悲哀。

原涉，是被班固收入《汉书·游侠传》的最后一名大侠。

班固坚决支持朝廷打击游侠，在《游侠传》的开篇，他便描绘了一幅理想中的社会框架图：从天子，到诸侯，到卿大夫，直至庶民，每种人都处在各自的等级安分守己，这样才能上下相顺，国泰民安。

基于这样的态度，提到司马迁浓情重笔描写的朱家、郭解等大侠时，班固尽管也承认他们"温良泛爱，振穷周急，谦退不伐，亦皆有绝逸之姿"，可还是论定这几位豪杰"罪已不容于诛矣"，即使身死族灭，也是罪有应得。

这样的评语，同样可以移用于侠以外的任何一个人——无论是谁，只要你的存在威胁了秩序的稳定，即使"有绝逸之姿"，"罪已不容于诛矣"。

但谁又能反驳他说得不对——

若依照黄霸的设想，秩序最好还能够细化到男女异路。

从此角度想来，将鹖雀奏报成凤凰，或许并非黄丞相无知，而是有意为之：

鹖雀极其好斗，往往至死方休，因此历代军人及勇士，都喜欢用其尾羽装饰帽盔；虽然不无激励之功，但打打杀杀，毕竟有伤帝国祥和之气，不如凤凰雍容华贵，皆大欢喜。

公元前51年到公元前48年，三四年间，黄霸、宣帝、张敞相继病逝。

不知是皇室自己退化，还是三四十年的中兴提前消耗了大汉王朝的元气，宣帝之后，皇帝一个比一个萎靡。

建昭年间，元帝四十岁还不到，正值盛年。有天到虎园欣赏野兽搏斗，突然一只黑熊逸出圈外，直扑殿阶。众人惊散，唯有冯昭仪挺身而上，挡在了元帝身前。类似的事在景帝时也发生过一次，当时是一头野猪闯进了厕所，一个妃子刚好在里面，景帝情急，操起家伙准备亲自去救。且不论高祖斩蛇和武帝徒手搏熊，景元之间，相去何止万里。

成帝迷恋赵合德，将其怀抱比作"温柔乡"，并感叹道："吾老是乡矣，不能效武皇帝求白云乡也（指武帝求仙）。"在赵合德逼迫下，竟然亲手掐死了自己与其他嫔妃所生之子，就此绝后，只得传位于侄，是为哀帝。

哀帝即位之初便身患重病，筋肉萎缩手脚麻痹，二十五岁便一命呜呼——据说早逝还与纵欲过度有关，只是他爱的不是美女，而是俊男。

哀帝驾崩十年后，王莽篡汉。

为王莽造势的人中，有个叫张竦的，写过一篇洋洋数千言的大文章，从周文武到孔夫子，引经据典，将王莽塑造成古往今来第一大圣人，声称假如王莽做了皇帝，他作为从龙的臣子，也不枉投胎做人一回。王莽见书大悦，封他为淑德侯。

这位张竦，便是张敞的孙子。后来也做了郡守，史载张竦虽然政事不及祖父，但为人博学文雅，尤其善于自我约束。

竦，由束、立二字合成，本意"被捆绑着站立"，引申为恭敬、肃敬。已经无法考证，该名是否为张敞所取。

也许只是巧合，祖孙俩的名字，从头角峥嵘到和光同尘，恰好印证了一个王朝由外向到内敛、由浪漫到拘谨的转变过程。

扩而大之，这也意味着一个民族黯然挥别了激情飞扬的少年。

《汉书》之后，历代官史，再无《游侠传》。

至于《循吏传》，则每史必修。不过几千年间循吏的形象几乎没有什么变化，把黄霸等人的事迹抹去姓名年号，随便归到哪个朝代，都不会有太大的错误。

相关史略：

公元前 138 年，汉武帝借用姐夫平阳侯名义，微服出猎至终南山下，骑射豕狐手格熊罴，喧哗嬉闹，为地方官员扣留；是年，武帝十九岁。

公元前 127 年，武帝杀游侠郭解；郭父亦因行侠被文帝诛杀。

公元前 124 年，石奋卒；石奋列为九卿，四子皆官至二千石，号为万石君，"人臣尊宠乃集其门"；石家以恭敬谨严闻名全国：石奋诸子以石庆最为简易，庆为皇帝驾车，帝问车中几马，庆以鞭逐匹数毕，方举手曰："六。"

公元前 119 年，汉将李广从卫青击匈奴，迷途失期，自杀。"广才气天下无双"，然官不过九卿，终生未获封侯；其堂弟李蔡"为人在下中，名声出广下甚远"，为列侯，位至三公。

公元前 74 年，霍光废昌邑王刘贺，召刘询入宫即帝位，是为宣帝。刘询为武帝曾孙，因戾太子巫蛊案牵连，生长于民间，喜游侠、斗鸡走马，具知闾里奸邪、吏治得失。

公元前 68 年，霍光病卒，宣帝亲临丧礼，厚葬之。两年后，霍家被宣帝灭族："与霍氏相连坐诛灭者数千家。"宣帝初即位，谒见高庙，霍光骖乘，宣帝"严畏之，若有芒刺在背"。

公元 1904 年，梁启超流亡日本，在激愤之作《中国之武士道》

结尾悲叹:"中国之武士道,起孔子而讫郭解,阴气森森而来袭余心,吾投笔唏嘘而涕交颐!"

改　制

这或许是历史上损失最大的火灾之一。

公元 295 年，即西晋惠帝元康五年的一个冬日，首都洛阳的武库，突然起火。

虽然名为武库，但由于戒备严密，除了兵器军械，还保存着帝国最高级别的贵重物品。而这一场火，不仅烧了两百多万人的军备，还毁了汉魏以来，几代王朝存下的大量传世国宝，其中尤有三件，最为惋惜：

孔子穿过的木屐、刘邦起事时斩白蛇的剑，最后一样，则是王莽的头骨。

与前两样不同，收藏王莽的头，并非出于景仰，而是以此来警诫后来人，天命有常，务必安分守己，切莫心生妄想。

然而，今天看来，道德偶像、开国之君、篡位者，于这世间的最后遗物同归焦炭，却令这场火，具有了某种象征性的特殊意义。

王莽惨叫一声，从噩梦里惊醒。

他擦拭着额头的冷汗，大口喘息着。稍一定神，几乎又要叫出声来：他竟然真的闻到了梦里的那种味道，咸腥，黏腻，近乎死亡的腐臭！但很快王莽便松弛下来，因为他看到了案上的那碟鲍鱼。

来自遥远海洋的鲍鱼一直是王莽最喜欢的食物，然而，除了苦涩，最近他的舌头再也品尝不出其他任何味道。实际上，王莽已经很久没正经吃过饭了，每天最多就着鲍鱼喝几口酒；更是无法入睡，实在疲倦也只是伏案小寐片刻。

殿里空空荡荡，身边一个人也没有，也不知道现在是什么时辰了。王莽想站起身，但随即又无力地倚在了几上。深陷的眼窝里，双眼像死鱼一样，茫然地看着翻倒在面前的酒杯，还有边上那一大堆凌乱的兵书。

一个取名为"新"的王朝，由新到旧的距离究竟是多少？经过王莽以新王朝开国兼亡国之君身份的权威测量，二者由量变到质变是十四年，这似乎是所有统一王朝中间隔最近的，比以短命著称的秦朝还少了几个月。

地皇，是新朝第三个也是最后一个年号，伴随着这个年号的是全国愈演愈烈的叛乱。地皇四年（23年）六月，王莽组建了一支据说是有史以来，阵容最浩大的军队。对外宣传甲士百万，虽然有点水分，但撇去尚在途中未集结成军的，实打实至少也有四十二万，仅军事参谋就有好几百人，全都是资深的兵法研究专家；先锋官巨无霸更是非同小可，身长一丈、腰大十围，活生生就是巨灵神下界，还有一手驯兽的绝活，驱赶着无数猛兽随军出征，虎豹犀象各成队列。

对于这支规模空前的人兽混合军团，王莽寄予了极大希望，他相信，以此平乱，无异于以泰山碾压鸡蛋，所到之处寸草不留。可令他万万没有料到的是，大军"前歌后舞"出发没几天，便在昆阳被一两万绿林军打了个屁滚尿流，巨灵神被击毙，猛兽也吓回了山林，只挣出数千残兵，丧魂落魄地逃回洛阳。

绿林军趁势挥师大进，直捣长安。

消息传来，关中大乱。

王莽很清楚自己的手掌还能控制多大的地盘，臣下也很清楚——因此连国师刘歆都绝望了，居然想劫持王莽，去向绿林军的更始政权投降。

总有一些帝王必须面对末路。他们的谢幕表演千姿百态：有和叛军讨价还价的秦二世；有躲入枯井的陈后主；有对镜自叹"大好头颅不知谁砍"的隋炀帝；有痛惜儿女生在帝王家的崇祯……

可没有一位能及得上王莽的异想天开。

那是个狂沙大作的清晨。长安南门吱吱地放下了吊桥，漫天烟尘中，金光闪耀的帝王仪仗慢慢导了出来。

开路的还是那辆"金瑶羽葆九重华盖登仙车"。这辆名称怪异的车是王莽根据黄帝白日飞升的传说，命人摸索着制造出来的，异常高大，由六匹马拉动，还随车配备了三百名黄巾力士，边走边呼"登仙"——因此被臣民们私下称为送葬的"灵车"——只是今天力士的吆喝涩哑勉强，丝毫没有往日的雄壮。

就连平时趾高气扬的羽林郎们，今天一个个看起来也满脸晦气。

文武百官朝服盛装，按级别排成长长一串，跟在车后默默步行。沿途的百姓莫名其妙地趴在路旁，暗暗琢磨今儿皇上唱的是哪一出。

南郊。几千儒生同声吟诵冗长而沉闷的祷文之后，也不知谁一声令下，所有人齐声大哭。顿时，旷野上哀声震天。

这就是《周礼》及《春秋》都提到过的"国有大灾，则哭以厌之"——如果哭得到位，或许还能挽回几分天心，消弭眼前的这场大祸。

王莽哭得尤其伤心，时而捶胸顿足，时而伏地叩头，时而仰天大呼："苍天苍天，既然受命于莽，为什么不殄灭众贼啊？如果我的受命是个错误，那就降下雷霆劈了我吧，苍天啊！苍天！"他悲恸得几乎窒息过去。

秋风中,六十九岁的王莽哭得像个无助的孤儿。尘土、鼻涕和眼泪把崭新的衮袍糟得一塌糊涂。

他实在觉得委屈极了。

数千年来,王莽的名声之坏,极少有人能与之相比。若是依照东汉学者王充的说法,对社会的危害之大,甚至连夏桀、商纣与秦始皇都有所不如:"桀纣之恶不如亡秦,亡秦不如王莽。"

之所以能取得这个资格,自然是因为他的谋篡——家天下时代,龙床边的野心确实是最危险的,也是最应该防备的,理应神人共诛。

不过,假如姑且不追究政权的道德因素,重新审视王莽的所谓篡汉,或许很多人不得不承认,公元初的那几年,王莽,看起来的确像是帝国最合适的统治者。

这其实也是当时绝大多数人的共识。班固极端贬斥王莽,但作为史家,他还是如实记录了这样一个精确到个位的数字:元始五年,曾有吏民四十八万七千五百七十二人向朝廷上书,为王莽颂德。据估算,西汉末年全国人口大概是五千多万,而且绝大部分都是文盲,可以想象,当时王莽在国民中的人气之高。

类似上书不止一次,动辄几千上万;也不限于中下层吏民,提起王莽的好处，"诸侯、王公、列侯、宗室、诸生、吏民翕然同辞"。即便有所夸张，但也可以看出，当时虽然名义上还是大汉王朝，但民心的主流，显然已经倒向了王莽。

还有一点必须指出：虽然因为王莽，"禅让"一词，在后世几乎等同于窃国，沦为一个极其虚伪的险恶动词，然而，在王莽的时代，这却是一个朝野热议的话题，甚至在他参政之前，举国上下，便已经在期待一场让王朝重焕生机的禅让。

西汉哀帝四年，即公元前3年，帝国发生了一次大规模流民运动。刚开年，关东一带的民众就开始惊惶奔走。他们每人手持一枚禾秆或者木片，说是"行西王母筹"，抛家舍业，成群结队朝着京城进发；穷人披发赤脚，富人乘车骑马，沿途二十六个郡国不断有人加入，滚雪球般越聚越多，一路闯关冲城，最后将整座京城都卷入了这个源头未明的巨大漩涡。就在天子脚下，数以万计的百姓白天为所谓的西王母高歌舞蹈，入夜则举着火把爬上屋顶，歇斯底里地击鼓狂喊。从早春一直折腾到深秋，才慢慢消停下来。

这起事件并非偶然，而是民间恐惧情绪的一次集中爆发。

在汉族人的神话谱系中，西王母的身份有点像泰山府君或者后来的阎罗王，掌管世人命数。"行西王母筹"，本质上是向其祈求庇佑，免遭横死。

西汉后期，旱涝蝗接连不断，甚至狂风海啸、地震山崩，天灾非常频繁。在今天看来，其实不难解释：气象学家的研究已经表明，秦至东汉前期，我国中东部气温有过一轮从温暖到寒冷的波动，尤其是公元前后之间的六十年，年平均气温比汉初整整低了一点六摄氏度；而我国本土大部属于季风气候，这种持续而剧烈的降温，往往都会演变成严重的灾害。

然而，随着董仲舒的灾异谴告说日益深入人心，这些原本正常的自然现象，却与政治挂上钩，被理解成了来自上天的严厉警告。尤其是这段时期，各地还连续发生了几件蹊跷的异事。先是泰山顶上一块大石头自己竖了起来；接着某地上报，说有株枯柳死而复活；甚至连皇家的上林苑也发生了奇怪的事，有棵树的树皮，居然被虫子咬出了一行字。

终于，有几位自以为参透天意的儒生，鼓起勇气，向朝廷提出了禅让的建议。根据他们的理解，这些奇怪的迹象，应该都是上天在暗示，大汉王朝的气数已尽，不如求索贤人禅以帝位，以顺应天心。

暴怒的朝廷处死了这几位狂悖的儒生。如此明目张胆质疑皇运将竭，与谋反何异！但随着政局逐渐恶化，加之灾祸愈演愈烈，却有越来越多的学者大臣加入鼓吹禅让的队伍。他们甚至根据星象历法，推算出了帝国死亡的具体时间表，虽然各家有所出入，但都认为，汉家运势的最终衰绝，就在这二三十年内。

在这世界末日般的集体恐慌中，连皇帝也不由得开始心里发毛。

"以建平二年为太初元年，号曰陈圣刘太平皇帝。"

汉哀帝即位的第三年，朝廷颁下了这样一份看起来有些不可思议的诏书，竟然把祖宗的姓都改了。起因是哀帝听多了儒生那套"历运中衰，当再受命"的末世理论，尤其本身多病无子，似乎也印证着这个凶兆；思来想去，被动不如主动，自行改姓，或许可以借此重受天命，再享太平。

改用陈姓，是因古姓中，陈、田同源。田者，地也，意指皇帝虽然姓刘，但已改行土德，而不是刘邦时的火德——五行中火能生土，这样的更改意味着自行开启新的一轮气运。不过，这种禳解之法虽能自圆其说，但也留下了巨大的后患：既然信奉五德学说，也就意味着认可五行生克轮回，因此皇位不可独占，龙床应当轮流坐。正如对王氏崛起看得最清楚的皇族刘向所哀叹的："天命所授者博，非独一姓，自古及今未有不亡之国"，君临万世注定只能是一厢情愿的梦想。

从刘邦开国，到哀平年间，已过了两百多年。此时的汉家皇权，正如果实熟透，不摘也将自行坠地。落入王莽怀中，只是适逢其会——

眼光如若再放长远，王莽代汉，伏笔还可以追溯得更早。甚至可以说，新王朝的出现，乃是西汉中后期以来，儒学逐渐浸入帝国血脉的必然结果。

改朝换代,并不是王莽的错。

"西王母筹"传得如火如荼时,王莽正在新都,也就是今天河南的新野闭门隐居。事实上他遭到了放逐:当时哀帝在位,作为前朝外戚,王莽只能卸职回家。

即位时,哀帝才十九岁,而王莽却已经三十九岁了。正常情况下,他已经基本不会再有复出的可能。

这对他未必不是好事。

"周公恐惧流言日,王莽谦恭未篡时。向使当初身便死,一生真伪复谁知?"

白居易的这首诗,被视为对王莽最感慨的评述。依照诗中所言,假如就此终老新野,他原本能以光辉的正面形象被历史定格。

即便以最苛刻的标准,王莽的私德也很少有指摘之处:

孝敬寡母;扶育孤侄;侍奉伯父;推让封赏;向穷人施舍车马舆服;谦恭好学,结交君子名士;俭朴持家,以至于堂堂王夫人被人错认为仆妇……

王莽治家之严,更是堪比酷吏。虎毒不食子,王莽夫妻育有四子,但除了老三病殁,其余竟然全部都被他自己杀了;其中一个只是因为杀了一个奴隶——当时奴隶地位极低,被主人虐待致死实属寻常。亲子之外,王莽诛杀的至亲还有一个孙子,外加一个亲自养育成人的侄子。可怜他的老妻,看着儿子相继死在丈夫手下,却又无能为力,只能吞声饮泣,最终把两眼都哭瞎了,王莽登基后,成为了历朝历代唯一一位盲眼皇后。

就像史家赵翼的抨击,这或许可以理解为王莽的冷酷:"但贪帝王之尊,并无骨肉之爱。"这样的评语,如果对照王莽开国后对王邑说过的一段话,可能会别有一番滋味:"我年纪大了,又没有儿子,以后天下就传给你了。"王邑,只是王莽的堂弟——究竟为了什么,需要王莽如此彻底地对自己斩草除根呢?

纵然以上种种,都是为了将自己包装成天命所归的新圣人,但有没有人数过,在西汉末年奢侈而堕落的大环境里,这苦行一般的"伪生活",身为贵戚的王莽却整整过了三十一年!人的一生,能有几个三十一年?

《汉书·王莽传》总结王莽时,对他的前半生有这样一段文字:"(王莽)始起外戚,折节力行,以要名誉,宗族称孝,师友归仁。及其居位辅政,成哀之际,勤劳国家,直道而行,动见称述。"虽然班固的本意,是想以此来逆推王莽早就包藏祸心、刻意掩饰,却也承认了,大臣时代的王莽,其实口碑极佳。

遗憾的是,新野没能留住王莽。

公元前1年,在位仅七年的哀帝去世。他没有子嗣,临终前居然想把皇位传给同性恋恋人董贤——由此也能看出当时禅让倡议的影响之大。太后王政君制止了这个荒唐的行为，夺回御玺，同时诏令公卿，推举辅政的大司马人选。

没有任何悬念，群臣共同推举了王莽。

此番江湖重出，便再也不能回头。

公元8年，王莽手捧传国玉玺，接受西汉末代皇太子，刘婴禅让，称帝，改国号为"新"，改长安为常安，是为始建国元年。

五十五岁这年，王莽登上了人生的顶峰。

王莽得国相当平静，反抗并不激烈，没动多少刀兵，也没流多少血，甚至连汉家宗室反对的都不多，很多昔日的龙子龙孙还哭着喊着为他献上龙袍。

从新都侯到大司马，到安汉公，到宰衡，到居摄的假皇帝，到真皇帝，这条王莽第一个走通的黄金之路，究竟该如何评价？

大学者扬雄目睹了这一切。新朝建立后，他写过一篇大文章，《剧秦美新》，热情洋溢地赞颂王莽的仁德，肯定这场禅让"受祚于天"，值得祝福。扬雄为人正直，不重视现世名位，只求扬名百代，因此极其爱惜羽毛，不会轻易阿谀迎合。

只是他死得早了几年，没能看到王莽的结局。

后人有时实在难以把在长安南郊哭得声嘶力竭的新帝王莽，和稳健地操纵着西汉政权的大司马王莽等同起来——

就像有把巨大的剪刀，把王莽的声名与事业，以登基为界，拦腰剪成了两半。

"强者规田以千数，弱者曾无立锥之居。又置奴婢之市，与牛马同阑，制于民臣，颛断其命。奸虐之人因缘为利，至略卖人妻子，逆天心，悖人伦……父子夫妇终年耕芸，所得不足以自存。故富者犬马余菽粟，骄而为邪；贫者不厌糟糠，穷而为奸。"

这是即位当年，王莽颁布的一道诏书，通篇文字洋溢着对社会不平的愤慨和对贫民奴隶的同情。当然，这也可以视为王莽做"伪"的一贯表现，何况根据历史经验，这类诏书通常只是官样文章，越是声泪俱下越是不关痛痒。

但是，王莽的这道诏书还有具体的实施细则：

"今更名天下田曰'王田'，奴婢曰'私属'，皆不得卖买。"

"其男口不盈八，而田过一井者，分余田予九族邻里乡党。"

"五均六管"，实行盐、酒、铁器官卖，把铸钱和山泽地产利益收归国营。

…………

这一系列细则，可以概括为两个字："改制。"登基之后，王莽就迫不及待地开始了涉及社会全方位的大规模改革。

然而，就是这全力以赴的改制，把王莽拖入了万劫不复的深渊。

天下大乱后，起兵反抗新朝的各方势力中，有一支由隗嚣建立。隗嚣发布过一篇著名的讨莽檄文，列举了王莽有三大罪：逆天，逆地，逆人。

檄文并没有扭曲事实。王莽的改制，的确违背了自己救济贫弱的初衷，动机与效果截然相反。

不是说不需要改革。早在汉武朝，董仲舒就已经对社会贫富差距日益悬殊而忧心忡忡。到王莽当政时，形势进一步恶化，土地兼并和贫民破产，已接近失控，整个社会就像一个随时可能喷发的火山。如何改变这种极度危险的局面，是任何一个有责任心的执政者必须考虑的。

平心而论，王莽的改制，从诏书文字上看，很多确实深中时弊。比如"王田"，宣布土地国有，平均再分配，"一夫一妇田百亩"，超过限额的将余田分给他人；比如承认奴婢同样是人，禁止被当成牲畜一样买卖；比如对工商业进行国家统筹统治，平衡物价，创立政府贷款制度，限制豪商大贾和高利贷者敲骨吸髓。

实际上，类似的政策，王莽之前也施行过一些。比如汉武帝时的"均输""平准"、盐铁官营，就是王莽"五均六管"的前身；

限田,则从晁错董仲舒到后来的师丹,连续有人倡议。

可为何只有王莽一败涂地呢?

根据班固的分析,第一条原因就是王莽以为"制定而天下自平",只管发布诏令,却不着力于兑现。

当然,班固此论相当深刻。但王莽若果真管杀不管埋,将改制停留在纸面上,不强求操作,一路"伪"到底,或许还不至于败得那么快。

因为他根本就不具备落实这些诏令的实力。

以均田为例,削多补少,实属虎口夺食。以武帝之强悍,推行算缗令,向商贾征收财产税,还遭到过强烈抵制;遑论王莽新朝禅让得国,根基未稳,商贾权贵则又经近百年壮大,双方力量此消彼长,谁肯俯首帖耳,割肉予人!

在此情形下,王莽劫富济贫的改制,势必步履维艰;何况他的规划还远远高于武帝、董仲舒、师丹。董师等人只是呼吁限田,他却要彻底均田!

"王田""五均六管",尽管失于疏阔,毕竟还算有的放矢,可王莽的另外一些新政却实在有些莫名其妙。短短十几年,四次改变币制,到了后来,连龟甲贝壳都上了阵。揣摩其心,可能基于一种对金钱的厌恶心理,认为钱是商贾剥削贫民的工具,是万恶之源——这种看法其实由来已久,早在元帝时,就有大儒贡禹提议废钱。每改一次币，便引发一次全国性的大混乱，可怜新莽子民被王莽烦琐而奇怪的币制换算搞得苦不堪言，买卖东西都不知道吆喝什么价格，结果自然是"农商失业，食货俱废"。

此外，他还热衷于变换官制官名，频繁更改郡县名称，重新划分行政区域，有的郡甚至被改了五次名，把官民搞得晕头转向，很多人连自己现在做什么官、籍贯该称何郡何县都弄不清楚，写公文时只能用小字注明原称。这样无谓的举措与"王田"一起，被隗嚣归纳为"逆地"。

同样被改名的还有"高句丽"的"下句丽"，匈奴单于的"降奴服于"——虽然高句丽弱小、匈奴已残，但泥人也有几分土性子，这几个侮辱性的字，令安宁几十年的边疆再次燃起了狼烟。

"制礼作乐，讲合《六经》之说。"

食古不化，是班固为这场失败的改制，指出的又一条原因。

本质上，王莽是一个儒家学者，孔子的忠实信徒——辅政之初，他便追谥孔子为褒成宣尼公，虽然儒学早已成为官方思想，但对孔子的追谥却由王莽首创。

从此角度看，王莽的大部分荒唐行为似乎都可理解。比如官制、郡县以及高句丽和匈奴的名称，孔夫子不是谆谆教诲过吗，名不正则言不顺，言不顺则事不成，正名，原本就是头等要事。

至于"王田",更是恢复西周黄金时代的"井田"的前提。

可以说,王莽的终极目标,就是在有生之年,亲手打造一个家家有田种、人人有肉吃,和谐安乐的"大同世界",正如他在一份诏书中所憧憬的:"市无二价,官无狱讼,邑无盗贼,野无饥民,道不拾遗,男女异路。"

先儒明言,如果君王心怀仁义,治理天下就像反转手掌一般容易,因此只要内心光明,诏令颁发下去,自然风行草上,所到俱化。因此,他踌躇满志,没日没夜地在诏书上构筑着自己的理想国——他的寝殿几乎天天灯火通宵。

"一生真伪复谁知",王莽显然把自己当成新王朝的周公了。儒生们津津乐道的禅让,不是在他身上实现了吗——儒学的效益,已经体现得足够充分了。

或许,直到生命的最后,王莽都不会承认自己是在改革,他应该认为,自己的改制,不过是为了恢复《周礼》描述的上古太平盛世。这种心态在他所谓的正名中得到了充分体现:根据《禹贡》重划九州,把秦汉职官改回尧舜时的古称,如羲和、共工、典乐——王莽的理想世界,应该有着青铜的质感。

这,是否就是削足适履的"逆天"呢?

王莽的改制,根本方向已与社会现实背道而驰;更令人叹息的是，他所任命的执行官吏，把局面搞得愈发雪上加霜。以唐尊为例，便能说明王莽团队的成色。唐尊官居太傅高位，为了提倡节俭，穿小袖短衣，坐羸马柴车，稻草铺床，瓦器吃饭；出门看见男女不异路而行，就亲自下车将他们的衣服染上赭色，象征羞辱。王莽听说后很高兴，号召全体公卿向他学习。

用人不当，也是班固为王莽总结的败因之一。但王莽没有选择，把他抬上皇位的，本来就是这路货色。虽然迂腐，唐尊还算个正派人，其余更是溜须拍马的无耻之徒。王莽被后世质疑虚伪，很大程度就是他们炮制出来的种种祥瑞，什么禾长丈余、一粟三米、不种自生、不茧自成、甘露天降、醴泉地出、凤凰来仪、神雀降集，还制造了林林总总的所谓天书符命，几乎泛滥成灾，以至于有段时间人们见面就相互调侃怎么就你没有天书——谎言说多了也会变成真理，被这些满天飞的祥瑞符命日夜包着，再清醒的人也会飘飘然，何况自命不凡如王莽。

还要指出的是，新朝财政一直不宽裕，官员俸禄极薄，公卿以下月禄一度只有一匹帛，而且会计制度烦琐，收入很不稳定；有些诸侯，因为王莽的地理名称改革尚未完成，迟迟不能确定封土，每月只能领到数千文钱，有穷极了的竟靠打短工糊口。千里做官只为财，活人总不会让尿憋死，既然皇上吝啬，那大伙就自行开发："天下吏以不得俸禄，并为奸利"，"各因官职为奸，受取赇赂以自供给",很快"郡尹县冢家累千金",比西汉时过得还滋润。

如果说"王田"是与虎谋皮,以此等官吏执行改制,岂异以狼牧羊。管你王莽制令本意如何,五均也好,六管也好,统统不过是鱼肉小民的生财之道罢了。

莫提小民,就连王莽自己,也时常被他们戏弄于股掌。有年京城饥馑,王莽听说后派了一个叫王业的官员去查查;王业主管长安商市,正好趁机贱买贵卖发难民财,便回报说闹灾的只是外来的流民,长安居民依旧安居乐业,并买了肉羹米饭给王莽看,说大家吃的都是这些。

"莽信之"。

仅此一次,饿死的灾民就有几十万。

逆天、逆地、逆人。

疮痍满目的天下,原有创伤丝毫未愈,又遭受了王莽狂热的蹂躏。

王田,得罪巨室大族;

五均六管,得罪豪商富贾;

当然,最惨的还是王莽一心想要救助的贫民——改制造成的损失会由上到下层层转嫁,最终都由最底层的那群人买单。

甚至,他连懒汉都不放过:根据《周礼》的要求,所有人都得勤劳耕作，所以游手好闲的二流子，也要一改刘汉时不种田就不征税的政策，每年交足人头税外加一匹长四丈宽二尺二寸的布。

最后连自己的官员都得罪了。察觉他们的腐败后，王莽震怒，气冲冲地下了一道诏书，没收所有"为奸利增产致富"官员全部财产的五分之四。

改制的唯一效果，就是真正把王莽改成了天下一人。

十多年改制的结果是，不仅贫者仍旧"无以自存"，连原先的富人也"不得自保"——某种意义上说，豪强大族才是王莽政权真正的投资人，而王莽的新政，无疑会被股东视作忘恩负义的背叛。形势的危急终于让王莽从自信变成了沮丧。慌乱之余，他开始了全面退却，宣布中止王田奴婢法，田地人口照旧听允买卖；对其他的政令，也反复调整、修正。

但开弓没有回头箭。再说治大国如烹小鲜，煮小鱼时尽量不要翻搅，如此朝三暮四地进进退退，锅里的鱼早就稀烂了。

就像希腊神话里的希绪弗斯，王莽耗尽全力想把巨石推向山顶，结局却是注定的下坠。而坠无可坠之时，束手无策的改革者就成了改革的对象。

王莽究竟是不是野心家，篡位之前的善政是不是虚伪，其实并不重要。即使这的的确确是一场骗局，陷得最深的，还是他自己。

预料中的，各地陆续报来说出现了"盗贼""亡命"——意味深长的是，最早起兵造反的并不是贫民，而是世家大族。

王莽还能扑灭这即将把他的新王朝烧成灰烬的烈火吗？

王莽毕竟是王莽，他有自己的一套妙法。除了日夜卜筮告祷，乞求天地鬼神仗义相助，还令太史推算了三万六千年的历纪，准备六年改一次元，颁告天下新朝至少有这么久的国运，并声称将来他也会像黄帝一样成仙——不管百姓们信不信，反正王莽自己是不得不信了。

班固写到此节也觉哭笑不得，顺手记了一句："众皆笑之。"

新朝不新了，旧得很快。

是的，很快，真的很快。

哭天大典后，还不到两个月，绿林军尚在途中，长安便爆发了叛乱。

毁灭由城郊开始：愤怒的人们刨开了王莽父祖妻儿的坟墓，践踏尸骨，焚烧棺椁。在火光中舞蹈，在浓烟中咆哮，几乎一夜之间，帝国的都城便坠入了地狱。

终于，檑木撞向了最后一重宫门。

宣室前殿，王莽身披青色战袍，腰系传国玉玺，手执一把据说舜帝留下的匕首席地而坐。并吩咐天文郎，根据时辰推移，不断调整威斗的斗柄方向——这从不离身的宝贝是他模拟北斗七星、专门铸来厌胜各地叛乱的——嘴里喃喃自语：

"上天给了我德行，那些汉兵能拿我怎么样呢？"

恍惚间，他又把自己想象成说过类似话的先师孔子了，憔悴的脸上似乎也有了些血色。

只是多日未进食，他的声音微弱得很。

一个商人杀死了王莽。他的尸体被撕成碎片，头颅在被收入武库之前，悬于市上示众，百姓争相掷击，有人还割下他的舌头，一口口吃掉。

王莽之后，"治天下不如安天下，安天下不如与天下安"，逐渐被奉为金科玉律。改革，被视作山穷水尽的凶险下策；只要还有选择，明智的君臣都只求得过且过，对人间苦难的真正病根视而不见，谁也不愿、更不敢触碰社会的根本。

头痛医头，脚痛医脚，就这样缝缝补补混过了几千年。

至于"大同"，则与"禅让"一样，被当成一个儒生们编造的美梦，虽然人人向往，但遥不可及——

再也没人真正相信。

相关史略：

公元前44年，元帝任贡禹为御史大夫。贡禹为当时名儒，以"明经洁行著闻"，在位多言朝政得失，主张选贤能，诛奸臣，罢倡乐，修节俭；认为百姓困苦因"末利深而困于钱"，建议取消采铜业及以铜铸钱，禁止私商活动。

公元前7年，成帝卒，侄哀帝刘欣嗣位；哀帝忧忌王氏权重，以大儒师丹代王莽为大司马。师丹辅政，提限田限奴，要求对各等级权贵占有田亩奴婢数量进行限定，然议而不行。

公元前6年，刘向卒。向为汉楚元王刘交玄孙，经学大家，一生极论外戚当权之害，故遭王氏嫉忌，居列大夫三十多年而不得提拔；子刘歆则趋附王莽，为新朝国师。

公元7年，东郡太守翟义起兵讨王莽，数月兵败身死；王莽令太医、尚方与巧屠共刳剥翟义部将王孙庆，量度其五脏及脉管的起始走向，被视作中国史籍记载最早的医学解剖。

公元8年，王莽正式称真皇帝，废汉孺子刘婴为定安公，西汉亡，立国215年。是年长安有疯妇呼于道中，曰："高皇帝大怒，趣归我国，不者，九月必杀汝！"王莽收斩之。

公元10年，王莽改匈奴为降奴。次年，匈奴分道攻中国，边境残破。

公元17年，琅琊郡吕母起兵海曲；新市人王匡、王凤起兵绿林山，号绿林兵。

公元18年，琅琊人樊崇起兵莒县，号赤眉。

公元19年，王莽欲攻匈奴，招募"有奇技术"者，应征者以万数：有言渡水不用舟楫；有言不持斗粮、服食药物则可三军不饥；有言能飞，一日千里。

公元22年，南阳人刘𬙋、刘秀起兵，加入绿林军。